有趣又好读的
古诗文

张园 著

天津出版传媒集团

天津人民出版社

图书在版编目（CIP）数据

　　有趣又好读的古诗文 / 张园著. -- 天津：天津人
民出版社，2023.8
　　ISBN 978-7-201-19419-6

　　Ⅰ . ①有… Ⅱ . ①张… Ⅲ . ①古典诗歌—诗歌欣赏—
中国—通俗读物 Ⅳ . ①I207.22-49

　　中国国家版本馆CIP数据核字（2023）第083824号

有趣又好读的古诗文
YOUQUYOUHAODU DE GUSHIWEN

出　　版	天津人民出版社	
出 版 人	刘　庆	
地　　址	天津市和平区西康路35号康岳大厦	
邮政编码	300051	
邮购电话	（022）23332469	
电子信箱	reader@tjrmcbs.com	
责任编辑	郭晓雪	
特约编辑	石胜利	
装帧设计	仙　境	
责任校对	余艳艳	
制版印刷	三河市新科印务有限公司	
经　　销	新华书店	
开　　本	710毫米×1000毫米　1/16	
印　　张	15.5	
字　　数	186千字	
版次印次	2023年8月第1版　2023年8月第1次印刷	
定　　价	55.00元	

写在开始的话

"床前明月光，疑是地上霜。"

"小娃撑小艇，偷采白莲回。"

"儿童散学归来早，忙趁东风放纸鸢。"

每个中国人的童年都有唐诗的陪伴，那些历经岁月淘洗流传下来的优美诗词，成为装点我们童年的最美回忆。

然而当孩子进入学校，当古诗词进入课本，如何学好古诗词，却成了一大难题。

笔者是从小爱书如命的书虫，对于文史哲更是热爱无比。笔者硕士毕业后进入学校，成为语文老师，发现让学生热爱古诗词、轻松学会古诗词，并不容易。问题的关键是要给学生创造一个良好的学习古诗词的语言环境。而且每一篇古诗词诞生的土壤都是不同的：当时的社会环境、语言环境、作者的人生经历，都决定了古诗词的独特性。

即便是同一个题材，不同诗人眼中，也将会是不一样的风景。比如：

秋天，可以称得上是国人最喜欢吟咏的季节之一。但在不同诗人眼中，看到的就是不一样的秋天：

王维在辋川，看到的秋是"明月松间照，清泉石上流"；李白在长安，听到的是"长安一片月，万户捣衣声"；孟浩然在建德江，看到的是"野旷天低树，江清月近人"；杜甫登高感受到的是"万里悲秋常作客，百年多病独登台"；欧阳修的老朋友范仲淹看到的秋日风景是"塞下秋来风景异，衡阳雁去无留意"。

为什么同样是秋天，这些诗人看到的风景如此不同？如何能够深入体会到这些诗句的深刻内涵？这些流传千古的名句有着怎样有趣的故事，又好在哪里？这些诗人的风格都有怎样的特点？……

要回答这些问题，单纯依靠朗诵几遍古诗，是很难做到的。因此就需要学习古诗词的语言环境，对这些古诗词进行深入的探讨、研究。

对于小学生而言，这个问题有些难。

徜徉书海之余，我发现了古诗词背后不一样的故事：从《史记》《旧唐书》等史传中，我发现了隔着岁月长河那一个个追寻理想的诗人身影；从《诗品》《文心雕龙》等文学评论专著中，我发现了古代评论家对于历代古诗词那一篇篇凝聚心血的个性评论；从《世说新语》《开元天宝遗事》等笔记小说中，我看到了民间传说中那一个个饱含烟火气息和传奇色彩的诗人故事……

这些古诗词背后的故事，有的是关于作者成长，有的是关于诗词产生的历史背景，有的是关于时代风云际会的重大历史时刻，鲜活又充满趣味。这是古诗词得以生长的一片热土，也是后人学习古诗词的重要密码。

为了能够让小读者体会到古诗词背后的故事，体会到更深刻的古诗词内涵，激发学习古诗词的兴趣，笔者创作了这本书。本书从古诗词的文化细胞入手，对每一首古诗词都进行了五部分解读：剖析诗词创造的时代土壤，解读作者的个性和经历，释读诗词和语句的难点，提炼诗词的热点和亮点，赏析诗词的美学价值，以及具有针对性的拓展训练。

在每篇古诗词开始之初，有关于作者的小故事，帮助小读者了解作者，并且了解这首诗词产生的社会环境。这是对于课本上单纯诗词的一种拓展，既有"深"的一方面，也有"浅"的一方面。

从"深"的方面来说，这些小故事概括了作者人生中最有意义的故事，可以帮助读者了解作者，了解这篇作品产生的背景，比如苏轼在黄州的故事，白居易在杭州的故事；从"浅"的方面说，为了方便小读者阅读，故事多采取生动活泼的语言，也有很多这些诗人小时候的故事。比如少年王维、少年王安石、少年朱熹的故事等等。也是希望这些故事能够带给小读者学习上的激励和启迪。

关于每篇古诗词的注释和译文，用提问的方式展开。

第四部分，关于这首古诗词好在哪里？其实是回答了如何鉴赏这首诗词，希望帮助小读者更好地理解古诗文的好处，能体会到其中妙处。

最后的"想一想，练一练"板块，是对于这一篇古诗词的拓展训练。

本书甄选的古诗词依据教育部公布的最新版中小学必备古诗文中的小学高年级段（小学四年级到小学六年级），希望能够具有针对性，让小读者通过阅读本书，能够对古诗词学习有的放矢，有所帮助。

本书力求将趣味性和知识性融为一体，希望小读者通过阅读这本书，能够激起对于我国古代文学、古代文化的兴趣，让我们的人生从此浸润于诗词之中，带有不一样的华彩！

目　录

一、诗中有画王右丞:《鹿砦》

"王公子，明日的游宴还请您务必光临，大人们都等着您的诗和画呢!"说话的是开元年间岐王李范府中管事，那位被他邀请的年轻人文质彬彬，连连称是。

旁边的人看到无不啧啧称赞:"这年轻的公子，必定才华过人!"

的确，这年轻人今年还不到二十岁，他叫王维。

武则天当政时期的长安元年，王维出生在蒲州（今山西永济）。王维从小就很聪明，诗词歌赋，无不精通。王家的人见到小王维，都说这可是王家的希望啊!

开元三年（715），十四岁的王维就离开了蒲州。年少的他来到长安，希望用手中笔，描绘出自己美好的未来。长安城果然是全天下富贵人家、聪明才子的汇集之地。但王维硬是凭着自己的才华，打拼出了属于自己的一片天空。他不光能写一首好诗，还擅长画画，甚至对音乐也很有研究，当真是复合型人才。所以一到长安，这位斜杠少年，就凭借闪耀全身的才华风靡一时。很多贵族都以能够邀请到王维觉得荣幸。

到了开元八年（720），王维已经是岐王李范座上客，经常参加岐王府里的游宴。开元九年（721），二十岁的王维高中进士，被任命为太乐丞，负责教习音乐、舞蹈等工作，用来供奉朝廷祭祀宴享。也就是说，二十岁，王维就已经是国家认证的音乐专家了。

就在所有人都认为这个年轻人即将大展宏图的时候，命运忽然给王维开了个不大不小的玩笑。

还没上任几个月，王维就因事被贬。这事件的起因是因为他的属下伶人擅自舞黄狮子，而黄狮子是专门供皇帝享用的。这些伶人此举是不敬，王维作为上司也因此获罪，被贬为济州司仓参军。

刚刚踏上云端，被众人羡慕的王维，莫名其妙地因为属下的过失摔下云头。他是就此沉沦，还是另外寻找重返长安之路呢？

都没有。

或许是见识过了官场种种，又见到了平凡的凡俗人生，王维被贬两年后，开始在淇上隐居。他的人生目标，也从实现儒家济世救民的理想转到了向佛教寻求解脱。开元十七年（729），王维跟随大荐福寺道光禅师学习顿教。这年冬天，他认识了诗人孟浩然。当孟浩然离开的时候，王维还专门赋诗赠送。

后来，王维在长安闲居，曾担任过右拾遗、监察御史等职位。但他始终没有忘记失落时佛教带给他的心灵安慰。这其间，他拜谒过瓦官寺的禅师，也遇到过神会和尚。

天宝三载（744），王维开始经营蓝田的辋川别业。

就在王维准备在隐居生活中平平淡淡度过一生时，他迎来了人生中最大的危险。安史之乱发生了，整个大唐动荡不安。这个当时世界上最伟大的帝国，即将倾覆。唐玄宗仓皇逃往四川，甚至没来得及带上自己的皇子皇孙。在这一片混乱中，王维被俘。

王维虽然没有机会实现自己的理想，但是他绝不会委身事敌。情况紧迫时，王维不惜吃药，假装患病，以此来逃避躲避灾祸。

可惜安禄山没有因此放过他。安禄山派人将王维"迎接"到洛阳，安置在菩提寺。在这被围困的铁桶般的寺庙中，王维黯然长叹，人生果真没有转圜余地了。

王维被安禄山强行委派了一个给事中的职务。

一年后，官军收复长安、洛阳，曾经出任安禄山给事中的王维被捕入狱，并被押送到了长安。

按照当时的律法，凡是投降安禄山并且担任伪职的官员，都要处以死刑。但是由于王维曾经创作过《凝碧池》这样抒发亡国之痛的诗歌，又因为王维的弟弟王缙身为刑部侍郎，平叛有功，更因为王维的为人和才华令人赞叹，王维最终还是被赦免了，贬为太子中允。

乾元元年（758），王维被任命为尚书右丞。这是他一生中最后也是等级最高的官职。一年后，王维上《责躬荐弟表》，请求免除自己的全部官职，使弟弟王缙可以回到京城。同年五月份，王维上谢恩表。他终于回到了心心念念的辋川别业。

回来之后，他一直在写信，和所有的亲友告别。七月份，诗人王维驾鹤西去，永远离开了他热爱的大唐。

王维的文学成就主要体现在诗歌创作。他是山水田园诗派的重要代表人物之一，在我国诗歌发展中具有非常重要的位置。他写的山水田园诗和歌颂隐逸生活的诗篇，自然脱俗，清新淡雅。由于他一生追随禅宗，他的诗歌中还带有淡淡的禅意，被人称之为"诗佛"。

北宋诗人苏轼曾经这样评价王维："味摩诘之诗，诗中有画；观摩诘之画，画中有诗。"

鹿柴

空山不见人，

但闻人语响。

返景入深林，

复照青苔上。

◎这首诗有哪些难理解的词语？

鹿柴（zhài）：这是王维在蓝田辋川别业的著名景点之一。

柴：通"寨"，指用树木围成的栅栏。

但：只。

返景（yǐng）：同"返影"，指太阳快落下去时通过云彩反射的阳光。

复：又

◎这首诗是什么意思？

空旷的山中看不到人，只听见有人说话的声音。

夕阳的余晖照入深林，又照在幽暗处的青苔上。

◎这首诗好在哪里？

一般描写山水景物的诗歌，都会写景物的奇特或者美丽之处，我们平时写文章也会这样思考。但是阅读王维这首诗，却发现完全是另外一个思路。

在这首诗里，没有壮丽的山河，优美的景物，甚至连参观者都没露脸，只是出了个声儿。但是阅读这首诗，却能让人一下子沉静下来，仿佛真的来到了王维诗中那个静谧、幽暗、傍晚的密林深处。

这到底是为什么？难道王维的诗具有什么不可思议的魔力？

其实关键在于，王维善于抓住密林中人不一般的感觉，并且用语言表述出来。在幽暗空旷的密林深处，没有繁华都市的喧嚣，反而会有回声，这是人多的地方所不易出现的。而且树叶层层叠叠，对于光线的反射也非常灵敏。所以王维抓住了这两个特点，将无人的"空山"描述得格外动人。

王维从视觉和听觉两方面用诗句来描绘空山，可以说形式非常新颖。同时，二者互相辉映，因为是"空山"，才会有"人语响"。诗歌前两句在写空山之"静"，后两句则是通过对光线的捕捉，描写了密林的"幽深"。

品味这首诗，仿佛诗人带领读者进入了一座幽暗静谧的森林深处。这首诗，兼具诗、画、乐的特点，寂静清幽，耐人寻味。

◎想一想，练一练：

1.请解释下列词语：

鹿砦　但　返景

2.《鹿砦》体现了王维诗歌"诗中有画"的特点，品读这首诗，拿起笔来，画出你理解的山水鹿砦吧！

二、洒脱豪放的王翰:《凉州词》

"娘，这是王翰新写的诗，我抄回来给您看啦！"学士杜华拿着一首抄写得工工整整的诗递给母亲。母亲的头发已经花白。她接过那首诗，仔细品味，嘴里默默地吟诵。半晌，母亲露出了笑容："好诗！我听说孟母三迁，以此促成孟子学有所成。我看，我也得找个人算一算，如果能让你和王翰当邻居，那我就心满意足了！"

杜华腼腆地笑了，满城都是王翰的诗迷，连杜华母亲都不例外。这个王翰，还真是词采华丽动长安呀！

王翰，字子羽，并州晋阳（今山西太原市）人。王翰少年时就很有才气，而且豪放不羁。虽然王翰是别人口中的"聪明孩子"，但绝不是"乖宝宝"。他恃才傲物，很有个性。就算是景云年间登进士第，他还是老样子，天天喝酒。

据《旧唐书》记载，王翰进士及第后，并州长史张嘉贞很看重他的才华，于是对王翰以礼相待。对此，王翰很是感动。在张嘉贞举办的宴席上，王翰亲自撰写乐词，抒发豪情，边歌边舞，神气轩昂，气度不凡。他挥洒自如的风采一时间被传为佳话。后来张说镇守并州，也很欣赏王翰。两人多有交谈，王翰在这段时间曾经直言进谏，又被调为昌乐县尉。

对于王翰而言，他骨子里并不是一个官员，而是一个游侠。所以那些汹涌澎湃的诗情在他的边塞诗中纵横流淌，那一股豪侠之气让他的边塞诗具有旁人无法模拟的风采。

凉州词

葡萄美酒夜光杯，

欲饮琵琶马上催。

醉卧沙场君莫笑，

古来征战几人回。

◎这首诗有哪些难以理解的词语？

凉州词：唐乐府名。是《凉州曲》的唱词，在盛唐时期非常流行的曲调名。

夜光杯:用白玉制成的酒杯,它散发的光亮可以照明。此处指华贵精美的酒杯。据《海内十洲记》记载,夜光杯是周穆王时西胡献上的宝物。

欲:将要。

琵琶:又称"批把",最早见于史载的是汉代刘熙《释名·释乐器》。批把是骑在马上弹奏的乐器,向前弹出称批,向后挑进称把。

沙场:平坦空旷的沙地,古代时指战场。

君:你。

征战:打仗。

◎这首诗是什么意思?

甘醇的葡萄酒盛在精美的夜光杯中,宴席间响起了急促欢快的琵琶声助兴催饮。想到即将跨马奔赴沙场杀敌报国,战士们个个豪情满怀。

今日一定要一醉方休,如果醉卧在沙场上,也请你不要笑话。从古至今出征打仗的人,又有几人能平安返回家乡?

◎这首诗好在哪里?

王翰这首《凉州词》带有浓厚的边塞风格。《凉州词》本来就是按照凉州(今甘肃河西、陇右一带)地方曲调演唱的,诗中提到的葡萄是西域特产,夜光杯是西域所进。这些诗中出现的物品,营造出了浓厚的边塞风情。

诗歌第一句:"葡萄美酒夜光杯",好像在人们眼前拉开了欢乐宴饮的序幕,气氛热烈的宴会正在进行。然而很快转折发生了,"欲饮琵琶马上催","马上"让人联想到出发。即便是欢宴,也让人无法忘记,这是战场。"琵琶马上催",渲染了一种欢快宴饮的场面诗句最后,"醉卧沙场君莫笑,古来征战几人回。"在洒脱豪放的背后,却有着挥之不去的悲伤。也可以看出来,这些战士已经将生死置之度外。

这首诗没有写战场残酷，也没有写边塞风光，而是通过一场欢宴，写尽了战争中战士的视死如归。这场欢宴的气氛是热烈、豪放，又是开朗豁达、视死如归的，渲染出了战士即将踏上战场的悲壮情绪。

◎想一想，练一练

1. 请解释下列词语：

夜光杯　沙场　征战

2. 为什么诗人只看到了酒？战士们想借酒忘记什么？

3. 面对此情此景，你有什么感受？

三、旗亭画壁看高适:《别董大》

开元年间，大唐国力鼎盛，说不尽的繁花似锦，人间富贵。这一天，天上微微下着点儿小雪，给繁华的景致平添了一分凛冽清冷。旗亭中有三个诗人正在聚会。红泥小炉，温着一点儿酒，三个人畅谈对饮，好不惬意。

这时，有梨园行的十来位歌姬登台献艺，席间瞬时响起了欢快的音乐。歌姬们舞姿曼妙的身影吸引了许多人的目光。三位诗人觉得有些吵闹，于是来到远离舞台的地方，一边拥着火炉闲话，一边观赏窗外这纷纷扬扬的小雪。这三位便是当时闻名天下的诗人：王昌龄、高适、王之涣。

不一会儿，四个装扮得如同天女临凡的歌姬出现在舞台上。她们都是当时的著名歌姬。王昌龄小声对两个朋友说："咱们三人都觉得自己的诗写得好，也很难分出谁更胜一筹。现在正好是个机会，咱们不如默不作声，也不点唱，看看这几个歌姬到底唱得谁的诗多一些？多者为胜。"

高适和王昌龄都觉得很是有趣，纷纷表示同意。不一会儿，一个歌姬打着拍子唱道："寒雨连江夜入吴……"这是王昌龄的名诗《芙蓉楼送辛渐》，王昌龄赶紧给自己记上一分。接着，又有歌姬唱道："开箧泪沾臆……"这是高适的诗歌《哭单父梁九少府》，高适笑着给自己记上一分。紧跟着又有人唱道："奉帚平明金殿开……"这是王昌龄的名诗《长信秋词》，王昌龄大笑，给自己又记上一分。两个人都笑看王之涣，王之涣却不慌不忙地说道："这些都是潦倒乐官，唱得都是些下里巴人的歌词，哪里是阳春白雪的曲子！都是些俗物！"王之涣指着歌姬中最出众的那个说："等一会儿，如果这位歌姬不唱我写的诗，那我就终身不和二位争雄！要是唱我的诗，那你们就应该拜我为师！"三个人哈哈大笑。

等到王之涣指认的这位最优秀的歌姬唱时，三个人凝神细听，但听她唱道："黄河远上白云间……"果然是王之涣的名作《凉州词》。三个人会心地哈哈大笑，王之涣开玩笑指着王昌龄和高适笑道："你看，还是我略胜一筹吧？"三个人笑作一团。

歌姬得知缘故，纷纷下拜，说："俗眼不识神仙，祈请降罪。"

这就是流传久远的著名的"旗亭画壁"的故事，描绘了诗人王昌龄、王之涣和高适在大唐年间"神仙聚会"的生动场景。虽然明代胡应麟考证这只是一个传说，因为开元年间这三位诗人并没有在长安聚会的机会，但依然带给后人一种关于"神仙"诗人和唐诗浪漫的想象。

故事中的高适，为什么会有这么高的声誉呢？

高适，字达夫，沧州渤海县（今河北省景县）人。高适是安东都护高侃之孙。开元十一年（723），二十岁的高适来到长安，后来又去梁宋（今河南省商丘）游历并定居于此。高适在梁宋生活了八年。也许是受家庭环境影响，高适始终希望前往边塞建功立业。直到开元十九年（731），二十八岁的高适走出梁宋，向北来到燕赵。开始他投奔朔方节度副大使信安王和幽州节度使张守珪，成为他的幕僚。开元二十三年（735），高适到长安应征，但落第了。

两年后，他返回梁宋。这时他创作了著名的诗歌《燕歌行》。直到天宝八年（749），四十六岁的高适才被睢阳太守张九皋举荐，应有道科，终于及第，被授予封丘尉。三年后，高适辞职．这年秋冬之际，他投奔哥舒翰，担任凉州河西节度使哥舒翰幕府掌书记。两年后，五十二岁的高适拜左拾遗，转监察御史，辅佐哥舒翰守卫潼关。

天宝十五载（756），安史之乱发生。高适跟随唐玄宗辗转来到潼关。永王李璘谋逆，高适被拜为淮南节度使，奉命讨伐永王李璘。后来，平定永王李璘之乱后，他又参与讨伐安史之乱，解救睢阳之围。

那个情系边塞却科场失意的高适，终于可以凭借一己之力，拯救山河于水火之中。他也成为唐代诗人中少有的仕途得意的代表。

不过后来，高适由于敢于直言被贬官。高适曾经担任彭蜀二州刺史、剑南东川节度使，是当时朝廷的一方大员。

永泰元年（765），六十二岁的高适永远离开了他心系的大唐，谥号为忠。高适的边塞诗独树一帜，他和岑参、王昌龄、王之涣合称"边塞四诗人"。

别董大

千里黄云白日曛，

北风吹雁雪纷纷。

莫愁前路无知己，

天下谁人不识君。

◎这首诗有哪些难以理解的词语？

董大：名不详。有人认为指当时的著名音乐家董庭兰，董庭兰在兄弟中排行第一，所以称为"董大"。

黄云：阳光照射下的乌云是黄色的，所以称为"黄云"。

白日曛：太阳暗淡无光。曛：曛黄，指夕阳西下时黄昏的景色。

谁人：哪个人。

君：指董大。

◎这首诗有什么内涵？

黄云遮蔽了天空，绵延千里。太阳暗淡无光，呼啸的北风送走了雁群，大雪纷纷扬扬落下来。不要担心前路茫茫没有知己，普天之下哪个人不认识你呢？

◎这首诗有什么特点？

这首著名的送别诗创作于唐玄宗天宝六年（747）。诗中所写的"董大"身份尚无法确定，但有的学者认为是当时的著名琴师董庭兰。这年冬天，高适四处奔波，他的理想尚无路实现，生活也很成问题。此时，高适在睢阳（今河南省商丘南）遇到了同样流落天涯的董庭兰。董庭兰原先是吏部尚书房琯门客。房琯天宝五年（746）被贬官后，董庭兰也离开了长安。

董庭兰和高适在睢阳相遇，分别之际，高适创作了《别董大二首》，这首诗是其中之一。

在唐代的送别诗中，常见委婉缠绵、留恋不舍之作，但也有慷慨悲歌、胸襟博大的作品。高适的《别董大》就是后者的杰出代表。这首诗格调豪迈，胸襟开阔，读之令人倍受鼓舞。

诗歌前两句描写了眼前景色："千里黄云白日曛，北风吹雁雪纷纷。"诗中带有一种悲壮的色彩。诗人用黄云、白日、雁群、大雪，勾画出一幅北方冬日的独特景象。高适对于眼前景物的精细勾勒，描画出了故人离别的季节背景。

诗歌后两句，"莫愁前路无知己，天下谁人不识君"，是对朋友的安慰，也是对于朋友能力的信任。诗句铿锵有力，充满了对朋友的信任，激励着朋友相信自己，踏上前行的道路，去为理想而奋斗、拼搏！

高适在落魄之际与友人分别，却没有凄恻之语，反而豪情万丈，鼓励友人勇敢上路拼搏，成为唐诗送别中的一绝。这语言虽然朴素无华，但这情感却异常动人。

殷璠在《河岳英灵集》中评价高适，因为"多胸臆语，兼有气骨"，才能创作出这样慷慨悲壮的佳作。

◎ 想一想，练一练：

1.《别董大》这首诗的作者是谁？他是什么年代的诗人？擅长写什么类型的诗歌？

2. 请解释下列词语：

黄云　白日曛　董大

3. 在漫天黄沙和风雪之中，诗人和朋友董大告别，请设想一下他们是怎样的心情？假如你是高适，会怎样劝慰朋友董大？

4. 回忆你读过的送别诗，和《别董大》进行比较，并写成白话文小短文。

四、诗家夫子王昌龄:《出塞》

唐代武则天圣历元年(698),一个男孩在山西太原出生了。这孩子名为王昌龄。王昌龄家里非常贫困,他少年时常常下地帮家里干农活。劳作虽然辛苦,但是田间休息时,大自然的风吹拂着他,总让他内心涌动着澎湃的激动心情,想要在这青山绿水间放声歌唱。

二十三岁时,王昌龄来到嵩山学道。大约三年后,他辞别嵩山,前往河东并州、潞州地区游历。这让王昌龄看到了之前在乡村大山里没有见识过的世间百态。

二十七岁时,王昌龄出玉门。边塞风光给他留下了极其深刻的印象。雄关,将士,边塞风沙,从此成为他诗歌里永恒的主题。

开元十五年(727),三十岁的王昌龄进士及第,被授为秘书省校书郎。四年后,他再迁河南汜水县尉。

从农家子弟到科举登第,似乎已经是一种幸运。但王昌龄的才华不止于此,开元二十二年(734),王昌龄选博学宏词科,改任汜水县尉,再迁为江宁丞。就在所有人都以为王昌龄要大展宏图的时候,他的命运忽然急转弯了。

开元二十六年(738),王昌龄获罪被贬岭南,不过幸好一年后就被赦免北归。在北归途中,王昌龄结识了著名诗人孟浩然。刚刚得疽病又痊愈的孟浩然遇到王昌龄这个朋友无话不谈,两个人都非常高兴。但可惜,由于孟浩然吃了一些海鲜,导致疽病复发,并因此而死。

　　王昌龄在伤感中离京到江宁赴任，他又结识了大诗人李白、岑参等人。之后宦海浮沉，王昌龄再次被贬，从江宁丞贬为龙标尉。但好在李白、王维、辛渐这些朋友都和王昌龄来往密切，诗歌唱和，让王昌龄内心得到了很大的安慰。

　　也许此时对于王昌龄而言，诗歌比出仕更能成为他内心的安慰和理想的追求。

　　王昌龄成为盛唐时期边塞诗代表诗人，被后人赞誉为"七绝圣手"。他的诗歌主要有边塞诗、闺怨诗和送别诗，尤其是他在西北边塞所作的边塞诗最为著名，被后人称赞为"诗家夫子王昌龄"。

　　六十岁的王昌龄卸任归乡，当时正值安史之乱，谁也想不到，王昌龄在路过亳州的时候，居然因为被亳州刺史闾丘晓嫉妒才华而被杀害。

出塞

秦时明月汉时关，

万里长征人未还。

但使龙城飞将在，

不教胡马度阴山。

◎这首诗讲了什么内容？

　　眼前还是秦朝那时候的边关和明月，守卫边关的将士们出征万里还没回来。假如龙城的飞将军李广还健在，一定不会让敌人的铁蹄度过阴山。

◎这首诗有哪些词语是难以理解的？

　　但使：只要。

征人：出征的将士。

龙城飞将：指汉武帝时期的李广。意思是英勇杀敌的将领。

胡马：指侵略内地的少数民族骑兵。

度：越过。

阴山：在今天内蒙古中部和河北省北部地区。

◎这首诗好在哪里？

这是唐代非常著名的边塞诗，表达了诗人希望朝廷重用英勇将领，保卫国土，让老百姓过上安定日子的美好愿望。

第一句描写了边关塞外的凄冷景象。这里非常荒凉。而秦、汉、关、月的交错使用，是一种修辞手法，叫"互文见义"。读这句诗，给人历史悠久、苍凉的感受。意思是自从秦汉以来，边关的战争就从来没有停息过。

"万里长征"突出了将士们放弃平安生活、奔袭敌人的距离之远。可想而知，这样的万里奔袭，会有多艰苦，会有多少牺牲。

那么如何解决这样的难题呢？

诗歌中给出的答案是"龙城飞将"。其实，作者不是说只有李广能解决这样的难题，而是说，必须要有李广这样英勇善战的将领，才能解决这个难题。诗中提到的阴山，是我国汉代北方的天然屏障。"不教胡马度阴山"也代表了人民对于平安生活的期盼。

这首诗虽然只有短短四句，却纵横万里，横亘古今，表现出十分复杂的内涵。这是王昌龄的边塞诗代表作。这首诗有对良将的期盼，有对将士征战辛苦的感叹，也有对国家和百姓的真诚之爱。

王昌龄没有长篇说教，而是撷取边塞的一个很小的典型片段，却融情入景，深沉含蓄，带给人深深的沉思。

◎想一想，练一练

1. 请解释一下下列词语：

但使　龙城飞将　胡马

2. 这首诗歌蕴含着什么样的内涵？

3. 关于飞将军李广，你还知道他的哪些故事？

4. 诗人觉得怎样才能解决外敌侵略的问题？

五、文坛领袖苏东坡:《题西林壁》

北宋嘉祐年间，进京赶考的举人齐聚京师。一时间青年才俊满京城，整个京师充满了青春、上进的气息。

这天傍晚，几个举人相约赴宴。酒宴上有人建议，不如引用历史人物和事件，谁说的和席中菜肴对应，谁就能吃这盘菜，如此岂不有趣？

这个酒令新鲜有趣，举人们纷纷响应。一个举人说："姜太公渭水钓鱼！"说完端走了席上的鱼。接着有人说："秦叔宝长安卖马！""苏子卿贝湖牧羊！""张翼德涿县卖肉！""关云长荆州刮骨！""诸葛亮隆中种菜！"桌上的美味佳肴一盘接着一盘被端走了，剩下一人却不慌不忙，等大家都说完了，才慢慢悠悠地说道："秦始皇吞并六国！"他将所有的菜都端到了自己面前，笑着对其他人说："各位兄台，请！"其他举人目瞪口呆。原来这位聪明的举人不是别人，正是苏轼。

嘉祐二年（1057），苏轼进士及第。

历史上鼎鼎大名的苏轼，北宋中期的文坛领袖，就是这么聪明有趣。

苏轼,字子瞻,一字仲和,号东坡居士,世称苏东坡、苏仙,眉州眉山(今四川省眉山市)人。

宋仁宗景祐三年(1037)1 月 8 日,苏轼在眉山出生。他是初唐大臣苏味道的后人,他的父亲苏洵,就是《三字经》中写到的"二十七,始发奋"的苏老泉。

苏轼的童年时期,苏洵为父亲守丧,于是在家里闭门读书,并亲自担任了苏轼和幼子苏辙的启蒙老师。父亲苏洵的学识和人品,成为苏轼一生的榜样。

苏轼从小性格豁达,真诚坦率,爱交朋友,又热爱美食,更喜欢游览名山大川。用今天的眼光看,苏轼绝不是死读书的"书呆子"。相反,他是一个热爱生活又富有生活情趣的年轻人。

嘉祐元年(1056),苏轼跟随父亲走出四川,于嘉祐二年(1057)入京参加科举考试。当时主考官是北宋文坛领袖欧阳修,小试官是著名诗人梅尧臣。苏轼的才华让两位主考官欣喜不已。当年苏轼的策论文章《刑赏忠厚之至论》深得欧阳修赞赏,以至于欧阳修认为,这篇文章是自己的弟子曾巩所作。为了避嫌,欧阳修给了这篇文章第二名。等到公布科举榜单时,大家才知道原来这篇文章的作者是二十二岁的苏轼。

苏轼获得欧阳修的推崇赞誉,一时间名动京华。正当所有人都认为苏轼即将有一番作为之际,他的母亲病故了。于是,苏轼、苏辙跟随父亲回乡奔丧。

三年后,苏轼为母亲守丧年满回京。嘉祐六年(1061),苏轼应中制科考试,这是为了选拔"非常之才"而举行的不定期考试。苏轼入第三等,为"百年第一",被授予大理评事、签书凤翔府判官。

后来,宰相王安石开始实施变法,苏轼因和宰相王安石政见不合,被迫离京。熙宁四年（1071），苏轼上书直言新法弊端，由此得罪新党，被贬为杭州通判。

元丰二年（1079），当时苏轼被调任湖州知州。他给宋神宗写了《湖州谢表》，说自己"愚不适时，难以追陪新进"。这被新党官员加以利用，说苏轼心怀怨愤，包藏祸心，对皇帝不忠。他们从苏轼的诗作中寻找他们认为充满讽刺意味的句子。结果上任刚三个月的苏轼被御史台逮捕，押到京城，被牵连的官员有几十人。这就是北宋著名的"乌台诗案"。乌台，是指御史台，因为御史台上面种有柏树，常年有乌鸦聚集，所以称为乌台。

这是苏轼一生中最大的危机。新党要将苏轼置于死地，但更多的官员开始营救苏轼。甚至就连退休的王安石都上书说："安有圣世而杀才士呼？"

最终，苏轼被从轻发落，贬为黄州（今湖北省黄冈）团练副使，受到当地官员监视。

苏轼这次牢狱之灾，足有一百零三日。

但就是在黄州，苏轼创作了著名的《赤壁赋》《后赤壁赋》和《念奴娇·赤壁怀古》等作品。他还带领家人，在城东开辟了坡地，种田补贴生计。"东坡居士"的别号，就是当时他自己起的。

宋哲宗即位后，司马光被任命为宰相，新党受到打压。苏轼被启用为礼部郎中。几个月后，他连升几级，被任命为翰林学士、知制诰。但苏轼看到旧党对于新党的打击，又完全废除了新法，再次上书。他抨击旧党执政后的腐败，又受到旧党的诬陷。

元祐四年（1089），苏轼任龙图阁学士、知杭州。当时杭州大旱，苏轼上书请求减免本路上贡米三分之一，到了春天又减价出卖大米，派送粥药，救活了很多人。本来苏轼自求外调是为了自保，但在杭州为官时，他造福一方，获得了百姓的赞誉。杭州人把苏轼带领百姓在西湖修筑的长堤命名为

"苏公堤"。

但元祐八年（1093），新党再度执政。苏轼被一贬再贬，被贬到了荒凉的海南岛儋州。在宋朝这仅仅比满门抄斩轻一等的罪责。

但苏轼将儋州看作自己的第二故乡。他在这里兴办学堂，有很多人不远千里前往儋州追随苏轼求学。

元符三年（1100），朝廷大赦，苏轼复任朝奉郎。在北归途中，六十五岁的苏轼去世了。

苏轼是北宋文坛领袖，也是历史上难得一见的全才。他诗、词、文、书、画都有很高的成就。他的诗歌和黄庭坚并称"苏黄"；他开创了豪放词，和辛弃疾并称"苏辛"；他的散文和欧阳修并称"欧苏"，他也是唐宋八大家之一；他的书法位列"宋四家"。

题西林壁

横看成岭侧成峰，

远近高低各不同。

不识庐山真面目，

只缘身在此山中。

◎这首诗有什么难理解的词？

题西林壁：写在西林寺的墙壁上。西林寺，位于江西庐山。题：题写。

横看：从正面看。由于庐山是南北走向，所以横看是从东、西方面看。

侧：侧面。

不识：不能辨别。

真面目：指庐山真实的形状、景色。

缘：由于。

◎ 这首诗有什么内涵？

从正面、侧面看庐山，山岭连绵起伏，山峰高高耸立，从远处、近处、高处、低处看庐山，庐山分别呈现出不同的样子。之所以看不清庐山的真实面目，是因为自己就身处庐山之中。

◎ 这首诗好在哪里？

元丰七年（1084），苏轼从黄州被改迁为汝州（今河南临汝）团练副使。在赴任途中，苏轼路过九江，他和朋友游览庐山，创作了这首诗歌。

这首诗是写景诗，又是一首哲理诗。诗歌开头两句，写出了庐山千姿百态的风采。结尾两句，写的是游览庐山的体会。因为身在庐山之中，看到的只是片面的景观，无法饱览庐山全面景观。

这首诗写出了移步换景的特点，并告诉人们一个哲理，所处位置不同，得到的结论就有所不同。要认清事物真面目，必须有一个全面的出发点。

这首诗的结尾带给人们无尽的回味，含蓄隽永，让人百读不厌。诗歌的语言朴素清新，却蕴含了丰富的哲理。后两句诗也因此成为千古以来人们传颂的名句。

这是苏轼以言理为诗开辟的新诗风，并且成为宋朝在唐诗之外开辟的新路径。其特色就是言浅意深，蕴含哲理。

◎ 想一想，练一练：

1. 搜集庐山图片，体会这首诗中所写的远近高低各不同的庐山景色。

2. 这首诗教给我们一个什么道理？谈谈你的感受。

3. 请根据图片，补充完成庐山远近高低不同景色描写的小短文。

六、前度刘郎重又来:《浪淘沙》

刘禹锡曾经自述"家本荥上,籍占洛阳",据说他是汉景帝之子中山靖王刘胜之后。刘禹锡出身官宦世家,父亲和祖父都是小官僚。在江南,刘禹锡跟随为官的父亲度过了少年时期。

刘禹锡小时候就是传说中的优秀儿童,不但聪明,还很勤奋,尤其喜欢作诗。少年时期,他就得到当时很著名的诗僧皎然、灵澈指点。

贞元六年(790),刘禹锡到洛阳、长安游历,在士林中赢得了很高的声誉。三年后,刘禹锡进士及第,和他一共考上的还有诗人柳宗元。随后,刘禹锡考场有如神助,接连通过了博学宏词科和吏部取士科考试,被任命为太子校书。刘禹锡担任过淮南节度使杜佑的掌书记,后迁任监察御史,和同事韩愈、柳宗元成为好朋友。

至此,刘禹锡的人生花团锦簇,仕途顺利,好友在旁,可谓人生快意。

可是,很快刘禹锡就迎来了人生的一次危机。

贞元二十一年(805)五月,唐顺宗即位。唐顺宗重用原来的太子侍读王叔文等人,开始改革。而刘禹锡本来就很被王叔文器重,他的才华和志向都为王叔文看重。于是,刘禹锡进入了王叔文的革新集团,被任命为屯田员外郎,参加对国家财政的管理。刘禹锡的好朋友柳宗元也是革新集团的核心人物。

这次改革由于触动了藩镇、宦官和大官僚的利益,很快就在保守势力的联合反扑下失败了。唐顺宗被迫让位给太子,王叔文被赐死,而改革集团的中坚力量如刘禹锡和柳宗元等八人，都被贬为远州司马，史称"八司马"。

刘禹锡被贬，失去了发言权。但是刘禹锡在朗州接近十年，从来没有放弃自己的理想。他用手中笔，创作了大量的寓言诗和文章，表达自己的理想和对社会的关注。由于长期深入民间，刘禹锡学习了民间歌谣的特点，他的诗歌更加生动、接地气了。

据说，在朗州当地流传着这样一个故事：

刘禹锡被贬朗州之后，曾经前往桃花源散心。当地人知道刘禹锡是有名的诗人，都请他题字。但是刘禹锡当时的心情很不好，没有答应。

后来刘禹锡再次来到桃花源，发现第一次来时见到的那些天然石头和蓬勃生长的树木都不见了。刘禹锡很是吃惊。这里到底发生了什么？刚好一个老人从旁边经过，刘禹锡急忙询问原因。老人叹了口气说："大人，你有所不知啊！这桃花源是风水宝地，风景也很好。当地想得到它的达官贵人，数都数不过来。这些人存有私心，都想霸占桃花源。我一个老头子，看在眼里，气在心里，就是一点儿办法也没有啊！"

刘禹锡非常感慨，决定为桃花源做点儿什么。当天晚上，刘禹锡回到家里，凝神细思，题写了"桃源佳致"四个大字。刘禹锡题上自己的名字，让石匠将这四个大字刻在石碑上，立在桃花源的入口处。当地有权有势的人看到是司马大人刘禹锡的题字，明白刘禹锡大人要保护桃花源，只能转身离去。再也没有人敢打桃花源的主意了。

元和九年（814）十二月，刘禹锡终于被召回京城。但很快，刘禹锡由于创作了《元和十年自朗州召至京城戏赠看花诸君子》这首诗，得罪了权贵，又被贬谪到更远的播州当刺史。多亏裴度、柳宗元等友人援助，刘禹锡被改为连州刺史。这一去，就是五年。等到母亲去世，他才得以离开连州。后来，他又担任过夔州刺史、和州刺史。

大和元年（827），刘禹锡再度回京，担任东都尚书。晚年时期，刘禹锡来到洛阳，和好友白居易、裴度等人诗文相和，悠闲自在。

刘禹锡诗文俱佳。豁达的心态，长期基层生活，让他的诗歌充满开朗、昂扬的气质，具有哲人的睿智和诗人的真挚情感。刘禹锡和柳宗元并称"刘柳"，和韦应物、白居易并称"三杰"，他本人被人们赞誉为"诗豪"。

浪淘沙

九曲黄河万里沙，

浪淘风簸自天涯。

如今直上银河去，

同到牵牛织女家。

◎这首诗有哪些难理解的词语？

浪淘沙：本来是六朝民歌，唐代成为教坊乐曲。刘禹锡根据乐曲创作了《浪淘沙》组诗，每一篇都是七言绝句。

九曲：传说黄河有九道湾，形容黄河弯弯曲曲的地方很多。

浪淘：波浪淘洗。

簸：上下簸动。

牵牛织女：传说天上织女下凡，和牛郎结为夫妇。后来王母娘娘召回织女，牛郎带孩子追上天。王母娘娘罚牛郎织女在银河两岸隔河相望，只有到了每年农历七月七日晚上才能见一次面。

◎这首诗有什么含义？

万里黄河弯弯曲曲，夹带着泥沙而来，波浪滚滚好像被风从天涯簸来。

现在黄河一直流到银河上去，请你带着我，一起到牵牛织女的家。

◎如何欣赏这首诗？

刘禹锡接连被贬，但这反而激发了他的壮志豪情。他创作的《浪淘沙》，通俗易懂，借助神话传说，抒发了自己的浪漫主义情怀。

诗人用夸张的词语生动描写出万里黄河奔腾而来的气势。它从天涯而来，裹挟万里泥沙。诗人赞扬的是黄河乘风破浪，一往无前的顽强奋斗精神。

诗句后两句，"如今直上银河去，同到牵牛织女家"，借用牛郎织女的神话传说，表示自己要和黄河一同去牵牛织女家，可谓豪情万丈。

这是刘禹锡对于自己被贬的感慨。他渴望实现理想，即便是风浪滚滚也在所不辞。刘禹锡乐观进取的积极精神蕴含其中，气势磅礴，给人波澜壮阔的感受，具有雄浑之美。

◎想一想，练一练：

1. 刘禹锡笔下的黄河是怎样的一条河？有什么特点？

2. 读这首诗，给你怎样的感受？

3. 黄河历经千年，现在的黄河是怎样的？请写作一个简短的片段，说明你心目中的黄河形象。

七、千古第一才女李清照：《夏日绝句》

北宋年间，一个清明节的前夕，一位少女身着新衣，揽镜自照。只见那镜中少女身姿窈窕。一身淡蓝色新衣映衬着少女秀眉间的那缕书香气息，如兰花一般雅致。

少女心想：这衣服是姨母特地为自己缝制的，那就清明节穿上去踏青好了。少女看着镜子中的自己，期盼着那一天的到来。到了清明节那日，少女穿着新衣去踏青，路上却偶遇一名老者在叫卖《古金石考》。少女怦然心动，这可是她期盼已久却没遇到的古书啊！

老者开价三十两白银，可是少女翻遍全身，也只有十两银子。怎么办？少女略一沉吟，来到当铺，脱下新衣服当了二十两银子。不一会儿，少女如愿地捧起了那本《古金石考》细细阅读起来。少女一边翻看，一边发自内心地笑了。

这位爱书如命的少女，就是"千古第一才女"李清照。

李清照，号易安居士，北宋齐州章丘（今山东省章丘市西北）人，是北宋婉约词派的代表人物。

可能很多人会感到奇怪，为什么李清照这么具有文采？

其实，这还得从李清照的父母说起。李清照的父亲李格非，考中过进士，是苏轼的学生，官至礼部员外郎。李清照的母亲是状元王珪辰的孙女，也是颇有文学修养。可以说，父母给了李清照一个良好的家庭氛围。李清照父亲很喜欢书，家里藏书非常丰富，而且喜欢写文章，特别是创作词章。李清照从小耳濡目染，而且她本来就很聪慧，所以少年时就有诗名，曾被苏轼的大弟子晁补之称赞。

少女李清照跟随父亲在汴京生活期间创作了很多诗歌。她的词《如梦令》刚刚写就立刻轰动了整个京城。

宋徽宗建中靖国元年（1101），十八岁的李清照和太学生赵明诚结为夫妻。赵明诚的父亲是吏部侍郎。赵李两家都是书香门第。结婚后，赵明诚、李清照夫妻俩一起把玩碑文、金石，收集藏书，生活得非常高雅愉快。

可惜幸福的日子总是短暂的，在李清照婚后第二年，她的父亲因为被列入元祐党籍，而被革除职位。李清照曾经为了父亲左右奔走，但并没有人施以援手。最终，李格非还是被罢官，回到原籍。

党争愈演愈烈，李清照也受到了父亲的牵连。她不得已回到原籍，寻找自己的家人。

政治上的党争让李清照与赵明诚分离，之后因为赵明诚父亲获罪，李清照跟随丈夫赵明诚回到青州，开始了乡居生活。就是这时候，二十五岁的李清照给自己的住所取名"归来堂"，自号为"易安居士"。这名字来源于陶渊明的《归去来兮辞》，李清照希望和丈夫赵明诚能够过上一种平和的隐居生活。

青州是一座古城，是古代齐国的重要城市。在这里，李清照和赵明诚收集文物，发现了很多宝贵的石刻。

靖康之变后，青州也发生了兵变。李清照遴选了十五车书籍古玩，一路历经艰难险阻，终于抵达江宁府。建炎三年（1129），赵明诚罢守江宁，弃城逃跑。这年五月，赵明诚被下旨知湖州，然而在路上重病不愈，于八月份在建康去世。

丈夫的去世给李清照造成突如其来的打击，她大病一场。不料十一月份金兵攻陷了洪州，李清照只能携带轻便书籍典册仓皇离去。

之后，李清照的生活陷入困境。她和赵明诚辛苦收集的文物书籍也在战乱中散落遗失。一路颠沛流离的逃亡生活让李清照苦不堪言。在走投无路之际，李清照改嫁张汝舟。谁能想到，这张汝舟是为了贪慕李清照的家产。当发现李清照并无余财时，张汝舟开始对李清照暴力相向。是忍受下去，还是奋起反抗？李清照选择了后者。

她从来不是一个软弱的女子。

李清照举报张汝舟营私舞弊的行为，并要求离婚。张汝舟为自己的违法行为付出了代价。但按照当时的律法，妻子控告丈夫要判处两年徒刑。李清照自己也因此被捕。

多亏了当时翰林学士綦崇礼等朋友倾力营救，李清照在被捕九日后终于获得了自由。

李清照的一生总是与坎坷相伴。她承受了很多女子不应该承受的痛苦和磨难。但她从未对命运低头。在她的诗词创作中，她总是一个斗志昂扬的歌者。

李清照创作的词被称为"易安词""漱玉词"，她的词集《易安集》《漱玉集》在宋代就风靡一时。她的词以婉约为主，人称"婉约词宗"。这种风格的词被称为"易安体"。

夏日绝句

生当作人杰，

死亦为鬼雄。

至今思项羽，

不肯过江东。

◎这首诗有哪些难以理解的词语？

人杰：人中豪杰。汉高祖刘邦曾经称赞开国功臣张良、萧何、韩信是"人杰"。

鬼雄：鬼中英雄。屈原创作的《国殇》曾经写道："身既死兮神以灵，子魂魄兮为鬼雄。"

项羽：秦末时，项羽自立为西楚霸王。项羽和刘邦争夺天下，在垓下之战失败，于是在乌江自刎。

江东：长江以南地区，是项羽和叔父项梁起兵抗秦的地方。

◎这首诗有什么内涵？

活着的时候应该做人中豪杰，死了也要做鬼中英雄。

一直到今天，人们还在怀念项羽，因为他不肯渡江回到江东。

◎这首诗好在哪里？

靖康二年（1127），发生靖康之变，金兵的铁蹄踏碎了北宋的王城，宋徽宗、宋钦宗两位皇帝和无数皇亲国戚都被金人掳走，宋朝政权开始向南迁移。

李清照的丈夫赵明诚当时是建康知府，当时建康忽然发生暴乱，赵明诚作为知府居然独自逃跑。这让李清照深感羞辱。在路过乌江时，她深有感触，于是创作了这首诗歌。

这首诗格调高昂，将"人杰""鬼雄"摆在读者面前，让人思考，到底怎样的人生是有意义的？人无论生死，都应该是有担当、有追求的。而这种追求，深层次的就是报效国家，不惜为国家牺牲生命。

这是一种崇高的爱国主义精神，一种实现自我的理想主义精神。这对于当时逃跑发的宋朝政府来说，是一种振聋发聩的讽刺。

所以在诗歌末尾，作者想到了项羽，用项羽的壮烈行动和只顾逃跑、不顾百姓死活的宋朝政府形成了强烈对比。

这首诗的格调非常高雅。李清照站在了历史、人生的角度，歌颂爱国主义，歌颂为国捐躯。

◎想一想，练一练：

1. 这首诗有两个赞颂项羽的词语，你能找出来，并谈一谈如何理解吗？

2. 请用适当的语气朗诵这首诗。

3. 关于这首诗，关于项羽，你有什么疑问？最想知道什么？

八、"诗魔"白居易：《暮江吟》

"大人，有个年轻人来访。"

大唐著作郎顾况主管编纂国史和为朝廷起草诏令文书，每天都有很多人前来拜访。这些才子学人都希望能够得到顾况的指点，能够让自己的学问更上一层楼。顾况看看眼前家人送来的名刺和诗稿，发现这个年轻人叫"白居易"，不由得哈哈大笑起来："白居易？这年轻人好大的口气啊！在长安城，要想立足，可不那么容易！"他随手翻了翻这本诗稿，忽然发现一首诗写道：

离离原上草，一岁一枯荣。

野火烧不尽，春风吹又生。

顾况的眼睛忽然亮了起来，连忙叫道："快把这个年轻人请进来！能写出这样的好诗，要留在长安城，有什么困难的？"

后来，在顾况的推崇下，这位青年的诗名很快传遍了整个长安。原来这个被顾况鼎力称赞的年轻人，就是唐代著名诗人白居易。

白居易，字乐天，号香山居士，祖籍山西太原。唐代宗大历七年（772）正月，白居易出生在一个书香门第的小官僚家庭。他出生不久，当时割据河南的藩镇李正己叛乱，河南烽烟四起。白居易的父亲在一年后升职为徐州别驾。为了躲避战乱，父亲将白居易和家人送到宿州符离居住。白居易在符离度过了童年时光。

白居易小的时候就是大家都羡慕的聪慧孩子，热爱读书，而且非常刻苦。白居易在少年时期读书刻苦到什么程度呢？刻苦到了口舌生疮，手也磨出了老茧。正是这样的勤奋苦读，让白居易的学问水涨船高。

元和元年（806），白居易参加了才识兼茂明于体用科考试，并且及第。后来白居易因为才能出众，被提拔为左赞善大夫。白居易觉得唐宪宗喜爱文学，所以希望能够尽到言官的职责来报答皇帝的知遇之恩。于是他经常上书言事，还写了很多反映社会现实的诗歌，希望补察时政。然而，白居易的忠君爱国却引来了唐宪宗的不快。唐宪宗曾经向宰相李绛抱怨，说自己提拔了白居易，这小子怎么如此无礼？

后来宰相武元衡遇刺身亡，白居易上书主张严拿凶手，这被一些人认为是越职言事。污蔑和诽谤随之而来，白居易因此被贬为江州司马。这对白居易是一个沉重的打击，他虽然仍旧关心百姓疾苦，但已经少有过去的冲动和火气。

元和十五年（820），白居易被召回长安，担任尚书司门员外郎，后来还有升职。但两年后，白居易发现自己的上书依然不被采用，于是自请到外地任职。他被任命为杭州刺史。

当时西湖附近的百姓生活非常不容易。西湖的水浅，不够灌溉农田。但是碰到下大雨的时候,西湖无法存那么多水,又会湖水泛滥。当时,西湖周边的百姓不是发愁没水可用,就是发愁大水淹了房屋和农田。

白居易来到杭州之后,经过实地勘察,决定彻底治理西湖。这是白居易为当地百姓做的一件实事。在白居易的规划下,人们在西湖的东北岸修筑起了高高的堤坝,可以更加有效地蓄水泄洪。这样下雨的时候西湖可以存贮更多的水,干旱的时候百姓也有水可用。在白居易离开杭州两个月之前,这项西湖工程终于竣工了。白居易心情无比激动。他亲自撰写了《钱塘湖石记》,并且刻成石碑,就立在西湖边上。人们为了纪念白居易,就将这条堤坝称为"白公堤"。

在杭州,白居易还疏浚了六口古井。原来唐代官员李泌曾经领导当地百姓挖掘了六口井。这六口井并不是深挖地下水,而是引西湖水到井中。只要西湖水不干,六井就永远有水。等白居易来到杭州时,六井已经持续工作了四十年。年深日久,井底的输水管道经常堵塞,水流也越来越细,老百姓用水非常困难。白居易亲自领导当地百姓完成了这项繁重的水利工程。

白居易到了杭州,为百姓办了许多件实事。他是杭州百姓心目中的好官。

他也曾经在洛阳购置宅院。宝历二年(826)因病离职后,白居易又和好朋友刘禹锡游历扬州、楚州一带。

会昌二年(842),七十一岁的白居易自号"香山居士"。七十三岁那一年,白居易倡议政府和百姓共同治理有"八节滩"之称的伊河险滩,并捐钱资助这项工程。他临终前,还专门为此写了一首诗:"心中别有欢喜事,开得龙门八节滩。"

白居易创作了很多关注民生疾苦的诗歌作品,形式多样,语言通俗。白居易也因此被称为"诗魔"。他和诗人元稹共同倡导新乐府运动,后人称之为"元白",他和刘禹锡并称为"刘白"。

暮江吟

一道残阳铺水中,

半江瑟瑟半江红。

可怜九月初三夜,

露似真珠月似弓。

◎这首诗有哪些难以理解的词语?

暮江吟:黄昏时分在江边所作的诗。吟:古代诗歌的一种形式。

残阳:太阳快落山时发出的光,也指晚霞。

瑟瑟:原义是碧色的珍宝,这里指碧绿色。

可怜:可爱。

真珠:即珍珠。

月似弓:诗中写的时间是九月初三,正好是上弦月,好像是弯弯的弓。

◎这首诗描写了什么景色?

一道残阳在水中慢慢沉了下去,江水一半碧绿一半艳红。最可爱的是那九月初三的夜晚,露珠如同珍珠一般明亮,新月形如弯弓。

◎这首诗好在哪里?

这首诗包含了两幅美丽的图画:一幅图画是夕阳西下,晚霞映红了江水,碧绿的江水映着晚霞的美丽景象;另外一幅图画是月亮升起来了,如同弯弓,在月色朦胧中,露珠如同珍珠一般晶莹剔透。

作者准确把握了夕阳西下和弯月初升这两个特定时间点的景色,又运用了生动的比喻,将这两幅图画完美地呈现在读者面前。阅读这首诗,仿佛能看到那波澜壮阔的景色。也能想象,这样晴朗的天气,波光粼粼,给人一种亲切的感受。弯月和露珠互相映衬,带给人和谐的意境。大自然在白居易笔下呈现出美丽的色彩和晶莹剔透的感觉。

整首诗带给人奇丽的感受,是一幅着色秋江图。

◎想一想,练一练:

1.读这首诗,分析这首诗哪个字你认为用得最好?为什么?

2.白居易在诗中写道,露水如同珍珠一样晶莹剔透,散发出美丽的光华。但是在夜里,露水怎么会发亮呢?

3.很多人喜欢写满月,写月如圆盘,而白居易的这首诗里写到了弯月。如果把诗句改成"露似真珠月如盘"可以吗?

九、晦涩迷离李商隐:《嫦娥》

"孩子,你写得不错。这是给你的工钱,拿着吧!"少年面容清瘦,收下了对方给的工钱。这是他为这家人抄书赚来的钱。这位少年就是唐代诗人李商隐。

李商隐不到十岁时父亲就去世了,家里生活非常清贫。作为长子,他小小年纪就肩负起了家庭的重任,以抄书贴补家用。不过,李商隐五岁就能诵读经书,七岁就能写一手好字。他的工楷和文章一样非常出色。

小才子李商隐,能不能凭借自己的才华改变命运呢?

　　唐大和三年（829），李商隐来到洛阳，和大诗人白居易、令狐楚等前辈相识。他的才华获得了众多老诗人的欣赏，令狐楚更是让儿子令狐绹和李商隐结伴交游，还亲自传授今体也就是骈体章奏之学给李商隐。李商隐遇到了人生难得的伯乐。他跟随令狐楚潜心苦学，同时他的奋斗精神和聪明才智也让令狐楚深感欣慰。

　　令狐楚每年资助李商隐，又聘请李商隐进入幕府为巡官。李商隐先后跟着令狐楚到过郓州、太原等地。这也开阔了李商隐的眼界和能力。李商隐在令狐楚的帮助和引领下更加努力。他积极准备科举考试，也从未放松对自己文学的追求。一直到太和七年（833），令狐楚调任到京城，李商隐才回到太原老家。

　　这四年的光阴是李商隐人生中奠定基础的时候，也是他倍感亲切和温暖的时候。恩师令狐楚，为他照亮了前行的道路。

　　文宗开成二年（837），久经考场的李商隐，终于考取了进士。在此之前，李商隐料理了恩师令狐楚丧事后，担任泾原节度使王茂元的幕僚。王茂元很欣赏这个出身平凡却才华横溢的年轻人，甚至将女儿嫁给了李商隐。

　　但正是这桩婚事，让李商隐陷入了党争的漩涡。

　　当时唐代朝廷上最大的事件就是牛李党争，王茂元和李德裕关系好，自然是李党的一份子；而李商隐的恩师令狐楚，却是"牛党"成员。李商隐是"牛党"的学生，却是"李党"的女婿，很多人都认为李商隐此举是忘恩负义，是对去世的恩师令狐楚的背叛。

　　在李商隐还没意识到的时候，他的仕途之路已是阻碍重重。

　　当时中了进士之后，还要通过吏部考试，才能被授予官职。开成三年（838），李商隐参加授官考试，复审被除名。一年后，他再次参加授官考试，终于通过，被授予秘书省校书郎官位。但很快，李商隐被调为弘农（今河南省灵宝市）县尉。李商隐在弘农工作特别不顺利，经常受到上司责备。后来，李商隐常年请假。直到换了领导，李商隐才勉强留了下来。

但是，被官场伤透了心的李商隐，已经没有心情工作下去。他坚持辞职，并得到了批准。会昌二年（842），李商隐经历了重重选拔，终于再次进入秘书省为正字。李商隐还没来得及高兴，他的母亲去世，必须回家守孝三年。这次机会的失去，让李商隐受到了很大打击。

此时，正是李党辉煌时期。等到李商隐重返仕途，已经错过了难得的机遇。等他重返秘书省，牛党势力占据了朝廷重要位置。被视为叛徒的李商隐，怎么可能获得重用呢？

之后的李商隐，流落四方。他跟随桂管观察使郑亚前往桂林赴任。不到一年，郑亚被贬，李商隐失业。他也担任过武宁军节度使卢弘正幕府。无奈仅过了一年多，卢弘正病故，李商隐再次失业。

这难以言说的坎坷造成李商隐的诗歌缠绵悱恻，又晦涩动人。

李商隐作为晚唐诗人代表，和杜牧合称"小李杜"。

嫦娥

云母屏风烛影深，

长河渐落晓星沉。

嫦娥应悔偷灵药，

碧海青天夜夜心。

◎这首诗有哪些难以理解的词语？

嫦娥：我国古代神话中的月亮女神，据说是夏时东夷首领后羿的妻子。嫦娥本名"姮娥"，为了避讳汉文帝刘恒而改名嫦娥。

云母屏风：用云母石制作的屏风。云母：矿物质，板状，晶体透明并有光泽，古代经常用于装饰屏风、窗户。

深：暗淡。

长河：银河。

晓星：指启明星，清晨出现在东方天空。

灵药：指不死药。根据《淮南子》记载，后羿在西王母那里求得了不死药，妻子嫦娥偷吃不死药，飞升到了月宫里。

碧海青天：指嫦娥在月宫的生活枯燥，只能看到碧色的大海和深蓝色的天空。

夜夜心：指嫦娥每天晚上都感到孤独。

◎这首诗讲述了什么故事？

在云母屏风前孤独地坐着，残烛的光影幽暗。长长的银河逐渐消失不见，启明星也逐渐隐没低沉。嫦娥应该后悔当时偷吃了不死药，现在只能对着碧海青天，一夜接着一夜地忍受着孤独。

◎这首诗好在哪里？

李商隐的很多诗歌都是晦涩的，没有明确是指什么事情。后来很多诗人对这首诗有各种各样的猜测。有人说是李商隐写给意中人的，有人说这是李商隐写自己的孤独，也有人说这是写一个女子求仙问道。

但这首诗最大的成功是描写了一种情绪孤独。情绪是最难以描摹的，但李商隐却将"孤独"情绪描写得栩栩如生，并且感伤多情。

前两句诗描写了主人公的室内，有云母屏风，有暗淡的烛影。昏暗的环境中，默默独自坐着的主人公是凄清孤独的。再看后两句，窗外的银河逐渐隐没，启明星也要逝去。天快亮了，现在正是天亮前夜色最黑暗的时候，然而主人公依然在默默坐着。她是孤独地坐了一夜吗?

对着夜色深沉的天空,又是一个不眠之夜。嫦娥也后悔当年偷吃灵药了吧?

这种懊悔,虽然主人公一句未发,全凭猜测,却更加深刻。这也是诗人代替嫦娥发出的内心独白。

李商隐用一首诗,塑造了寂寞、冷清的嫦娥形象,将孤独写到了极致,也让人对嫦娥这一神话形象多了一个侧面的了解。

这首诗也因为生动真实、奇思妙想为后人传颂。

◎想一想,练一练:

1.讲一讲读这首诗的体会,嫦娥是怎样一个人?

2.嫦娥生活的环境是怎样的?在诗句中有哪些词语描写了她生活的环境?

3.体会嫦娥在这样的环境中生活会是什么感受?带着这种感受朗诵这首诗。

十、对梅情有独钟的卢钺:《雪梅》

卢钺是宋代末年诗人,他在历史上留下的足迹屈指可数。据说他在宋理宗淳祐四年(1244)中了进士,曾经担任建昌军学教授等职。他流传下来的诗作不多,但他对"梅"情有独钟。

卢钺和诗人刘过是朋友。因为对"雪梅"的喜爱,他自号梅坡。在那些散逸不查的诗句中，唯独留下了卢梅坡的名字。

雪梅

梅雪争春未肯降，

骚人搁笔费评章。

梅须逊雪三分白，

雪却输梅一段香。

◎这首诗有哪些难理解的词语？

降：（xiáng）：服输。

骚人：诗人。由于屈原代表作《离骚》，所以借称诗人为"骚人"。

评章：评价。

逊：不如。

一段香：一片香。

◎这首诗讲了什么故事？

　　梅花和雪花都认为自己占尽了春光，而不肯服输。诗人停笔，却难以评论谁更胜一筹。二者比较，梅花比雪花少三分白，雪花却不如梅花拥有一片香。

◎这首诗好在哪里？

　　这是一首非常有趣又生动的诗。诗人用拟人手法写梅花和雪花争奇斗艳，两种本来不是同类的"花"居然有了灵性，有了性格，谁也不服谁。她们找到了诗人，让诗人评说，到底谁美？

　　这可难住了诗人。经过仔细思考，诗人用一个名句写出了自己的感受：

"梅须逊雪三分白,雪却输梅一段香。"这句诗将梅花和雪花各自的不同特点刻画得淋漓尽致,而且妙趣横生。二者各有所长,而且相互映衬。一剪寒梅,傲立雪中,这才是最美好的图画。

◎想一想,练一练:

1.读这首诗,带给你怎样的感受和启迪?

2.梅花自古以来就是"岁寒三友"之一,是中华民族精神的象征,它还是"花中四君子"之首。从凌寒开放的梅花身上,你体会到什么样的品质?

3.请根据这首诗,画一幅"雪中寒梅图"。

十一、美丽凄惨的神话:《精卫填海》

鱼身鸟翅?鱼身蛇头?异兽旋龟?

神奇的动物数不胜数,奇妙的神话更是令人大开眼界。所有的这些都是来自两千多年前的一本古籍《山海经》。

在我们现代人读起来觉得是神话传说的这本古籍,在当时的定位却是地理著作。这本书创作于先秦时期,书的作者也并非一人,在漫长的流传过程中形成了多个版本。目前我们能看到的《山海经》是十八卷本,其中有《山经》五卷,《海经》十三卷。经过专家考证,大致认为其中十四卷是战国时期的作品,四卷是西汉初年作品。

最早提到《山海经》的历史著作是《史记》,最早收录《山海经》目录的是《汉书·艺文志》。

这部书包罗万象，记录了先秦时期人们对于这个世界的认识。这里面有那时的山川地理，也有民族物产，甚至也有祭祀和巫医。有许多神话传说，比如夸父逐日、精卫填海、大禹治水都被记载了下来。

《山海经》中记录了大约四十个国家，五百五十座山，三百条水路，一百多名历史人物，四百多个神异怪兽。在我国古代，人们把《山海经》看作历史，它对于历史研究具有重要价值。在现在我们阅读《山海经》，更多的是欣赏那些美丽的传说，想象那个曾经存在过、又如梦如幻的古代世界。

精卫填海

炎帝之少女⁽¹⁾，名曰女娃。女娃游于东海，溺⁽²⁾而不返，故⁽³⁾为精卫，常衔西山之木石，以堙⁽⁴⁾于东海。

◎这段古文有哪些难理解的词语？

（1）炎帝之少女：炎帝的小女儿。少女：古今异义词语。古义指最小的女儿，今义指未婚的少年女子。

（2）溺：淹没在水里。

（3）故：因此。

（4）堙：填塞。

◎这段古文讲了一个怎样的故事？

炎帝的小女儿名叫女娃。一次，女娃去东海游泳，被淹死了，再也没有回来。因此，她化作精卫鸟，经常叼着西山上的树枝和石块，用来填塞东海。

◎如何欣赏这段古文？

这是一篇令人感动的文章，选自《山海经·北山经》。

在简短的文字中，我们看到故事的前半段，是身份尊贵的炎帝小女儿女娃溺亡在东海。这是一个令人悲伤的故事。然而接着阅读下去，风格为之一变：溺亡的女娃居然化为精卫鸟，每天叼着树枝和石块去填海。女娃这样做的目的是什么？是为自己的死而报仇吗？还是为了防止有更多人因为东海而溺亡？她能不能成功？

即便在神话故事中，我们也觉得此举是难以成功的。

但是想象一下，一只小小的精卫鸟，衔着树枝和石块，每天不停歇，坚持要填平大海。她的对手是一望无际的东海，然而她自己却只是一只小小的精卫鸟。她能做的，只是每次衔一支树枝，一块石块。这种强烈的对比凸显出一种悲壮的坚持。二者的对比越强烈，越能让人感动。

虽然我们没有看到女娃是一个长相怎样的女孩子，也没有听到她说什么话，但是她的故事却给人一种性格坚韧的深刻印象。

◎ 想一想，练一练

1. 神话和我们身边发生的事情有什么不同？

2. 阅读《精卫填海》，再用现代语言讲一下精卫填海的故事。

3. 你心目中的精卫鸟是什么样的？你从精卫鸟身上学习到了什么？

十二、刘义庆编《世说新语》:《王戎不取道旁李》

《世说新语》是我国魏晋南北朝时期"笔记小说"的代表作。这部书是南朝宋刘义庆撰写，也有人认为是刘义庆组织门客编写的。《世说新语》用简洁的文字讲述了一个个生动的魏晋名士故事，用他们的言行和奇闻轶事塑造出一个个鲜活的形象。

刘义庆为什么会对魏晋时期的名士这么感兴趣？

其实这和他的个人经历有关。

刘义庆是宋武帝刘裕的侄子，长沙景王刘道怜的次子。他是南朝宋的宗室，也是文学家。刘义庆从小聪明伶俐，热爱文学，是当时宗室中非常出色的子弟。他十三岁就被封为南郡公。后来，刘义庆的叔父临川王刘道规无子，刘义庆就被过继给了叔父，袭封临川王。

刘义庆在南朝宋有多受重视？

他十五岁就担任了秘书监，掌管国家图书著作，接触到国家的很多藏书。这为他之后编撰《世说新语》打下了良好的基础。十七岁时，刘义庆又升为尚书左仆射，也就是副宰相，可以说是一人之下，万人之上。

然而这也意味着他面临更加激烈地朝廷斗争。

宋文帝刘义隆即位之后，马上处死了曾经拥戴过自己的功臣徐羡之、傅亮等人。刘义庆为求自保，不得不祈求外放。

他放弃了左仆射的高官，出为荆州刺史。然而宋文帝的铁血手腕还是让刘义庆胆战心惊。此时，刘义庆开始编撰《世说新语》，倡导"清谈"之风，也是在向宋文帝表明自己无心朝政。

王戎不取道旁李

王戎⁽¹⁾七岁，尝⁽²⁾与诸⁽³⁾小儿游⁽⁴⁾。看道旁李树多子⁽⁵⁾折枝⁽⁶⁾，诸儿竞走⁽⁷⁾取之，唯⁽⁸⁾戎不动。人问之，答曰："树在道边而多子，此必苦李。"取之，信然⁽⁹⁾。

◎这段古文有哪些难以理解的词语？

（1）王戎：西晋琅琊（今山东省）人，是魏晋时期"竹林七贤"之一，官至尚书令，司徒。

（2）尝：曾经。

（3）诸：众多。

（4）游：嬉戏玩耍。

（5）子：李子。

（6）折枝：压弯了树枝。

（7）走：跑。竞走：争着跑过去。

（8）唯：只有。

（9）信然：确实如此。

◎这篇古文讲述了一个什么故事？

有一次，七岁的王戎和许多小朋友一起玩耍。他们看到路边的李子树上结了许多李子，把树枝都压弯了。许多小朋友都争着跑过去摘李子，只有王戎没有动。有人问他为什么不去？王戎回答说："李子树长在路边，竟然还有这么多李子，这一定是苦李子。"人们摘下李子一尝，果然如此。

◎读这篇古文有什么收获？

这篇古文选自《世说新语·雅量》，讲述了魏晋时期著名的"竹林七贤"之一——王戎小时候的故事。文章通过一个简短的小故事塑造了小王戎的聪慧形象，就如在眼前，活灵活现。

这篇文章讲的是王戎和小朋友们都看到了路边结满了李子的李子树。小朋友们首先想到的就是快去抢摘李子吃，而王戎却一动不动。这就和其他抢摘李子的小朋友形成了鲜明对比。因为王戎发现，这棵树长在路边，居然还能剩下这么多李子。为什么许多人看到了树上的李子，并没有把李子摘光呢？那么答案只有一个，那就是李子一定是苦的。不好吃，人们最多也就是摘一个尝尝，就放弃了。

王戎的观察很细致，思考问题也非常缜密。在别人争着摘李子的时候，王戎并没有盲目跟随，而是有自己的思想和看法。并且他的结论也是结合生活实际得来的。李子树长在路边，假如李子好吃，早就被路人摘光了，还会轮到小朋友们去摘？

这说明王戎从小就是一个有思想、不盲从、富有生活经验的孩子。最终旁人的行动是对王戎话语的一个证实。

◎想一想，练一练：

1.《世说新语》这部书都有哪些内容？

2.读完这篇古文，你发现王戎和小朋友有哪些不同的地方？他是一个怎样的孩子？

3.用自己的话来讲述这个故事。想一想，从儿时王戎身上，你学到了哪些？

十三、一代诗宗杨万里:《宿新市徐公店二首·其二》

南宋的一个冬日，阳光和煦，晴空万里。一位诗人前往云栖竹径游玩。忽然，他发现一群可爱的孩子正在山坡上挖竹笋。这群孩子都是七八岁模样，其中一个似乎是这群孩子的孩子王。这孩子很是成熟，一副小大人的模样,很是胸有成竹,仔细观察一番后就吩咐别的孩子去自己指定的地方开挖。神奇的是,凡是他指定的地方,肯定是一挖一个准,土里都有竹笋。诗人简直有点儿惊讶了。这孩子小小年纪,怎么会这么厉害?他笑着问孩子是怎么做到的,还说要拜这个孩子为师。

小孩哈哈大笑起来:"先生,你是读书人,为什么要拜我为师?"诗人说,自己不懂的东西太多,既然你这么精通挖冬笋,那就拜你为师吧!小孩回答说:"这其实并不难。挖冬笋,要看竹梢,您看那叶子黄的,冬笋长。因为笋吸收了叶子的营养,所以叶子会变黄。"诗人点点头说:"那你不要挖冬笋了,这样将来冬笋会长成竹子,那时候这竹林青葱碧绿,多好看!"小孩又笑道:"先生,冬笋如果不挖掉就会烂,只有春笋才会长成竹子呢!"

诗人心悦诚服,深深向小朋友鞠躬,拜他为师。

这位虚心求教的诗人,就是南宋著名诗人——杨万里。

杨万里,字廷秀,号诚斋,自号诚斋野客。他是南宋文学家,和陆游、尤袤、范成大并称为南宋"中兴四大诗人"。

杨万里的父亲曾经在乡里招生教学,也是他的启蒙老师。后来,他跟随父亲宦游四方,曾经四处拜师,学问有长足进步。绍兴二十四年(1154)三月二十二日,杨万里进士及第,第二年被授予赣州司户参军。

步入仕途的杨万里,看到了张九成、胡铨等前辈对于学问的执着追求,更看到了当时南宋知识分子抗击金国收复失地的爱国热情。受此影响杨万里也成为南宋主战派中的一员。他写了很多奏章,揭露南宋的社会问题,反对投降,积极主张收复河山。他多次告诫皇帝不要忘了敌人,更反对轻易用兵,盲目冒进。杨万里的主张是以"守而取",要稳步取胜。和那些激进的主战派相比较,杨万里更加脚踏实地,更同情人民的遭遇。

正因为如此刚正不阿,杨万里始终没有得到重用。宋孝宗贬谪他是"直不中律"，宋光宗说他"也有性气"。

杨万里对于自己的这种遭遇心知肚明，随时准备离开官场。他做京官时就准备好了回家的盘缠，又不允许家人置办行李物品，以免回家收拾行李。

杨万里的视钱财如粪土和那些小人的一心向上爬形成了鲜明对比。在他退休之后，曾经任职江东转运副使应该得的余钱万缗他都弃之不理，只在家乡的老屋居住。

杨万里的诗歌具有开拓创新精神，因杨万里号诚斋，故称为诚斋体。他的诗歌善于捕捉那些稍纵即逝的情趣，用诙谐幽默、平易近人的语言表述出来。

宿新市徐公店二首·其二

篱落疏疏一径深，

树头花落未成荫。

儿童急走追黄蝶，

飞入菜花无处寻。

◎这首诗有哪些难理解的词语？

篱落：篱笆。

疏疏：稀稀落落的样子。

一径深：一条小路很远很远。

阴：树叶茂盛浓密。

急走：奔跑着，快追。

◎这首诗有什么内涵？

在稀稀落落的篱笆旁，有一条深远的小路。路边树上的花虽然落了，新叶子却刚刚长出来，还没长成树荫。一个孩子奔跑着追逐一只黄蝴蝶，可是那蝴蝶飞到菜花丛中就再也找不到了。

◎这首诗如何欣赏？

读这首诗，好像可以看到一幅春意盎然的乡村景象。篱笆，深远的小路，树头的绿叶，是这幅画的背景。那天真烂漫的儿童和蝴蝶，是这幅画的主角。从篱笆和小路，能看出来是在乡村，而绿树尚未成荫，能看出来是暮春时节。"急走"，能看出孩子的欢乐与活力。可是那淘气的黄蝴蝶，飞到了黄色的油菜花中，又怎么能寻得到呢？

这首诗用白描手法描写出了一幅乡村儿童捕蝶图，动静结合，成功展现出乡村生活的宁静、自然，又让读者看到了乡村的暮春风光。

◎想一想，练一练：

1.读这首诗，想一想用什么词语可以形容这幅春日图画？

2.这首诗中描写了哪些景物？这些景物具体都有什么特点？

3.写一段短文，描写诗人杨万里看到这幅春日图画后的内心感受。

十四、使不辱命范成大：《四时夏日田园杂兴》

南宋一户农家有一个男孩。父亲每天天不亮就去种地，母亲每天晚上在灯光下搓麻绳搓到很晚。男孩看到了非常心疼父母，他觉得父母太辛苦了。于是，男孩对父母说要代替他们去干活。谁知父母听了却哈哈大笑："孩子，

你会干活吗？"

于是男孩每天开始在院子里模仿大人种地、种瓜。男孩长大以后，把这件事写进了诗歌，这首诗家喻户晓。这个男孩，就是南宋著名诗人——范成大。

范成大，字至能，自号此山居士，晚号石湖居士，平江府吴县（今江苏省苏州市）人。

范成大从小就是一个聪明的孩子。据说他十二岁就读遍经史，十四岁就开始写作诗文。宋高宗绍兴二十四（1154）年，范成大进士及第，累官至吏部员外郎兼崇政殿说书，就是专门为皇帝讲解书史，解读经义。

范成大不但学问出众，而且性格耿直，一心为国。在他的仕途生涯中，最光彩的一面就是出使金国，不辱使命。原来宋和金在签订隆兴和议时，忘记约定接受国书的礼仪。宋孝宗为此非常后悔，于是在乾道六年（1170），派范成大为起居郎等职，并封丹阳郡开国公，代表国家为国信使，出使金国。范成大的任务是向金国索要北宋各位先帝陵寝，并协定受书礼仪。

这是一次非常艰难的外交行动。当时范成大请求宋孝宗将受书礼节一起写入国书，但是宋孝宗不允许，说自己是兵败求成。

左相陈俊卿因为建议暂缓让范成大出使被离任，吏部侍郎陈良祐也因为建议减缓出使被贬。在这样的危急时刻，范成大毅然领命出使。他的勇敢和忠心为国让当时很多人为之感动，甚至连金国奉命接待范成大的使者都因为仰慕范成大的精神而模仿他在头上戴上了巾帻。

范成大到了燕山后慷慨陈词，并拿出暗中写好论述受书仪式的奏章。金国群臣用手板殴打范成大，金国太子甚至要杀死范成大，但是他都不为所动。后来，范成大不辱使命，完成了宋孝宗交给自己的任务，顺利回到故土。

淳熙二年（1175），范成大被任命为四川制置使，知成都府。还没到四川，范成大就仔细思考了吐蕃进犯的问题，并且上书朝廷，希望自己到了四川能够练兵，并修筑堡垒。宋孝宗看了奏折，为范成大忠心为国的行为感动，拨给范成大四十万缗作为专门练兵经费。

范成大上任之后，对四川各地兵力进行了仔细考察。他给重要的西南边境要地黎州增加精兵五千人，又在吐蕃之前入侵的十八条路线上都修筑了栅栏，并且分别派兵驻守。对于当地的名士孙松寿、樊汉广不愿出仕，范成大就多次拜访，请他们出山为国效力。经过范成大的精心治理，四川的边防状况有了很大改善。

范成大擅长作诗，他是南宋"中兴四大诗人"之一。因为他曾在各地任职，所以创作了很多反映民生疾苦的诗作，也有很多田园诗。范成大的田园诗以《四时田园杂兴》最为著名，是真正反映农村生活的诗歌。

四时田园杂兴·其二十五

梅子金黄杏子肥，

麦花雪白菜花稀。

日长篱落无人过，

唯有蜻蜓蛱蝶飞。

◎这首诗有哪些难以理解的词语？

杂兴：有感而发，因事吟咏的诗篇。

篱落：篱笆。

◎这首诗描写了怎样的田园风光?

金黄的梅子挂满枝头，杏子也长得很饱满，田地里麦穗扬起了白花，油菜花却已经落了正在结油菜籽。

夏日的白天变长了，大家都在农田里忙碌，没有人经过篱笆边，只有那蜻蜓和蝴蝶在绕着篱笆飞来飞去。

◎如何欣赏这首诗?

这首诗描写了夏日田园风光。读这首诗，我们可以看到夏日特有的果实——梅子，杏子，也看到田野里正在生长的麦子和油菜，是一派生机勃勃的景象。

特别是这首诗的第三句，虽然没有描写人，但是诗中的"无人过"，从侧面反映了农民珍惜夏日时光、辛苦劳作的情况。蝴蝶和蜻蜓是农田里十分活跃的昆虫，二者相映成趣。

这首诗文笔清新，描绘了夏日农民在田野里忙碌的景象，非常富有生活气息。

◎想一想，练一练:

1.这首诗写到了哪些景物？用你自己的话讲述一下夏日田野风景。

2.想象一下，诗人看到这样的田园风光，会有什么想法？

十五、词中之龙辛弃疾：《清平乐·村居》

"来人，本大人来访，还不送上好酒好菜！"完颜千户是本地有名的爱占便宜。他到了谁家，谁家就得好酒好菜招待着。这家的老主人名叫辛赞。见此情景，他无奈地摇摇头，赶紧让下人给完颜千户端上美酒佳肴。

这完颜千户自斟自饮，喝了几杯之后，见没人与自己聊天，居然对着端菜的小厮破口大骂。始终站一边的少年看到这些终于忍不住了。他"唰"地拔出墙上的佩剑，走到完颜千户面前说道："千户大人，有酒无歌不成宴席，请允许我为您舞剑助兴！"

完颜千户还没缓过神儿来，但见剑光凛冽，少年已经开始舞了起来。只见那少年将那把剑舞得虎虎生风，而且颇有章法。完颜千户逐渐严肃起来，这情况不对吧！但听一声呼啸，那剑从完颜千户的鼻子尖儿前刺了过去。"啊！"完颜千户吓得大呼小叫，顾不得颜面，直接夺门而出，逃跑了！

后面是少年的声音在恭送他："有时间再来啊，完颜千户！"

"哈哈哈！"屋里响起爽朗的笑声，辛赞宠溺地拍了拍少年的背。原来这少年是辛赞的孙子，他就是后来历史上大名鼎鼎的豪放词人——辛弃疾。

辛弃疾刚出生，家乡就已经落在了金国统治者手里。他的祖父辛赞，由于家族人口众多，没有跟随大宋朝廷南下，后来迫不得已任职于金国。但是辛赞一直心念故国，经常给辛弃疾讲爱国故事。于是，辛弃疾从小就树立了恢复中原，报效国家的爱国志愿。

绍兴三十一年（1161），金国皇帝完颜亮挥军南下，大举进攻南宋。沦陷地区的汉族百姓抓住时机，起义反抗。当时二十一岁的辛弃疾也组织了两千人的队伍，参加了耿京领导的起义军，并担任起义军掌书记，主管文书。

后来，完颜亮在前线被手下谋杀，金军不得不撤军。辛弃疾当时刚和南宋朝廷联系上，路上就得知耿京被叛徒杀害、起义军溃散的消息。辛弃疾率领了五十多人突然袭击了拥有几万人之众的敌军，并且将叛徒捉拿回营，并押到建康，交给南宋朝廷判决。

二十三岁的辛弃疾一时间声名鹊起，被任命为江阴签判，从此踏入仕途。但是，南宋朝廷并没有收复失地的决心，辛弃疾和当政的主和派政见不合，多次被弹劾，最终不得已退隐山林。

虽然辛弃疾收复失地的愿望没有实现，但是他满腔的报国热情，对国家、人民的忧虑都融入了诗词作品中。辛弃疾的艺术风格多样，以豪放为主，风格沉雄豪迈，被称为豪放派词人，与苏轼合称"苏辛"，被称为"词中之龙"。

清平乐·村居

茅檐低小，溪上青青草。

醉里吴音相媚好，白发谁家翁媪？

大儿锄豆溪东，中儿正织鸡笼。

最喜小儿亡赖，溪头卧剥莲蓬。

◎这首词有哪些难以理解的词语？

清平乐（yuè）：原来是唐代教坊曲名，根据汉乐府"清乐""平乐"两个乐调命名为词牌名。

茅檐：茅屋的屋檐。

吴音：吴地的方言。

相媚好：互相逗乐。

翁媪（ǎo）：老翁，老妇人。

锄豆：锄掉豆田里的草。

亡（wú）赖：指小孩子调皮，淘气。亡，同"无"。

◎这首词讲了什么故事？

茅屋的屋檐很是低小，溪边到处是青青的小草。带有醉意的吴地方言，听起来很美好。那白头发的老翁和老妇人是谁家的呢？

大儿子在小溪东边的豆田里锄草，二儿子忙着编织鸡笼，最让人喜爱的小儿子很调皮，他在溪头草丛里横卧着，正在剥刚摘下来的莲蓬。

◎这首词好在哪里？

这是一幅栩栩如生的农家图画。辛弃疾完全用白描手法，没有任何修饰，朴实地表现出一家人的生活画面，而且每个人物都刻画得栩栩如生。

他们生活的环境是溪头小村，家里是低矮的茅屋，小溪边就是青青绿草。这样的居住环境，虽然简陋，却令人舒适，亲近自然。这点明了一家人生活的环境和地点。

后面紧接着，辛弃疾描写了一家人的行动，白头发的爷爷奶奶一边喝酒一边聊天，大儿子忙着给豆田锄草，二儿子编织鸡笼，唯独年龄最小的小儿子调皮，横卧在溪头剥莲蓬吃。"无赖"，并不是说小儿子坏，而是一种亲昵的说法，描绘出了小儿子的天真无邪，跃然纸上。

这首词没有华丽的词语，语言生动朴实，清新自然。这首词描述了小溪边一户农家宁静的乡村生活，并且将一家人的形态描绘得惟妙惟肖。

◎想一想，练一练：

1. 辛弃疾描绘了一幅怎样的乡村景象？用自己的话写一段短文，描绘这幅图画。

2. 猜一猜，老翁和老妇人在聊些什么？

3. 小儿子是怎样的一个孩子？你从哪些词语看出他的性格特点？

十六、大历十才子冠冕卢纶：《塞下曲六首·其三》

"麻烦让一让，让一让！"一个高个子学子在名次榜单上寻找多时，最终还是沮丧地回头找到一位清瘦的学子，"卢兄，我看这个榜单上，好像还是没有你……"

"是吗？我也考了多次了，没想到还是没能中……"清瘦的学子脸上闪现出一丝失望。高个子面色不忍，劝说道："卢兄，你也别灰心。谁也不是一次就肯定能考上的。我看还是找个安静的地方好好温习一下，你那么有才华，当然能高中的！"

这位被称呼为"卢兄"的，就是唐代诗人——卢纶。

卢纶从小家境贫寒，父亲很早就去世了，他自己又是体弱多病。卢纶出身范阳卢氏，是唐代著名的高门大姓，祖上出过多位高官，仅唐代就出过八位宰相。但因为家庭原因，卢纶直到八岁才开始读书。当时兵荒马乱，卢纶为了生活只能投奔舅舅家。

卢纶不但命运多舛，而且仕途也非常不顺。《旧唐书》记载，虽然卢纶在天宝末年落榜之后曾经到钟南山苦读，但接下来的几次考试，依然是名落孙山。

但随着卢纶游历四方，他创作的诗歌却在当时文坛声名鹊起。在长安或者旅途中，卢纶和朋友们多有诗歌唱和。这些活跃于大历年间的诗人，以卢纶为首，包括吉中孚、韩翃、钱起、李端、司空曙、苗发、崔峒、耿湋、夏侯审等人，被称为"大历十才子"，他们的共同特点是偏重诗歌形式技巧。他们继承了山水田园诗派的风格，寄情于山水之间，歌咏山水自然。

卢纶因为擅长写诗受到了宰相元载、王缙的欣赏。在两位宰相的推荐下，他先后出任集贤学士、监察御史等职务。

不久卢纶受到唐德宗重视，升任户部郎中。但就在卢纶准备大展拳脚时，生命却戛然而止。

和其他大历十才子诗人相比，卢纶的边塞诗写得很有生命力，这是卢纶短暂的军营生活，富有真情实感的体验带来的结果。这些诗以《塞下曲》为代表，风格雄浑，慷慨激昂，传颂至今。

塞下曲六首·其三

月黑雁飞高，

单于夜遁逃。

欲将轻骑逐，

大雪满弓刀。

◎这首诗有哪些难理解的词语？

塞下曲：古代边塞地区的一种军歌。

月黑：没有月光。

单于：匈奴的首领，这里指入侵者的最高统帅。

将：率领。

轻骑：轻装，速度快的骑兵。

逐：追赶。

满：沾满。

◎这首诗描述了怎样的画面？

边塞上看不到月亮，一片漆黑中大雁受惊高高飞起，那是单于的军队要趁着夜色逃跑。正想要率领轻骑兵追赶单于，大雪纷纷扬扬落下，覆盖了携带的弓箭快刀。

◎如何欣赏这首诗？

读这首诗，就会不自觉得屏住呼吸，感觉敌人就在前面！前两句写故事发生的时间和环境：那是没有月亮的一个晚上，也没有声音，只能够模糊地看到受惊的大雁飞向了高空。原来是单于率领军队悄悄逃跑了。可见在诗歌写作之前，唐军已经取得了重大胜利，敌人溃不成军，只能趁夜逃跑。

诗人的语气是肯定的，也带有对敌人的蔑视。

后两句写将军发现敌人逃跑，准备派出轻骑兵追赶敌人。这不仅因为轻骑兵速度快，更是对于战胜敌人非常有自信。当轻骑兵即将出发时，塞北的雪飘然落下，落满了将士们的弓箭快刀。这是塞外战场常见的天气和独有的艰苦环境。这更加衬托了出征战士的勇往直前的精神。

这首诗生动地刻画出了唐军即将追击敌人的紧张场面，虽然没有直接描写战场上的厮杀，但足以令读者想象到将士们的勇猛善战。

战争的结果到底如何？卢纶没有写，而是留给读者去想象。但是从前面单于的遁逃和唐军轻骑的出击来看，唐军必胜无疑。这首诗言有尽而意无穷，不仅带给读者更多的想象空间，也更加富有魅力。

◎想一想，练一练：

1.阅读这首诗歌，说说这首诗发生在什么环境中？

2.面对单于遁逃，唐军将领准备怎么做？

3.诗句最后的大雪有什么隐含的意义？

十七、从放牛娃到大画家王冕：《墨梅》

"人之初，性本善……"春光明媚，村里学堂书声琅琅，窗户外一个小小的身影伫立不动。那是个七八岁的男孩，在听学堂里讲课。男孩学着课堂上老师写写画画，非常入神。

天色渐晚，男孩一边往家走，一边琢磨着老师讲的知识。男孩的内心欣喜无比，今天又学会了许多知识。

"牛呢？你怎么自己回来了？"父亲问空着手回家的男孩。

"啊？牛，我，我忘记了……"男孩恍然大悟，自己偷着去听课，居然忘记了本来是去放牛的！父亲勃然大怒，痛打了男孩一顿。

这个为了偷学忘记自己在放牛的男孩，就是元末著名画家——王冕。王冕虽然因为忘记放牛挨了打，但是村里的学堂好像对他有种魔力，他每次都是把牛拴在树上让它自己吃草，然后就走到学堂窗前听课。虽然每次放牛回去都会挨打，但他乐在其中。

母亲舍不得王冕这样辛苦，还因为读书挨打，就对王冕父亲说："孩子既然这么喜欢读书，为什么不能成全孩子呢？"

在母亲的劝说下，父亲终于送王冕去读书。从此，王冕离开了家，寄住在寺庙里。他学习十分刻苦，晚上就坐在佛像膝盖上，就着佛堂的长明灯读书。那些佛像虽然在灯光下显得面目狰狞，但王冕总是手捧书卷，视而不见。

安阳的韩信先生听说王冕这么好学，就收他为学生。王冕得以博览群书，学问日益精进。但是他几次应试都失败了，王冕就把自己的所有文章都烧了。

王冕每天戴着高高的帽子，身披绿蓑衣，穿着木屐，手提木剑，引颈高歌。有时候他骑着黄牛，手持《汉书》高声朗诵。当时的人们都认为他是狂生。

也有官员想招揽王冕为府吏，但是王冕说自己有书可读，有田可耕，何必为人奴役呢？于是王冕开始了潇洒自如的快意人生。他游览名山大川，也曾经在会稽九里山隐居，种下千株梅花。他给自己隐居的茅屋取名"梅花屋"。

王冕一生最爱梅花。因为梅花象征着他轻视功名利禄、归隐山林、向往的田园生活。王冕种梅，咏梅，又擅长画梅。他笔下的梅花生机盎然，遒劲有力。后来，王冕成了元朝著名画家、诗人和篆刻家。

墨梅

我家洗砚池头树，

个个花开淡墨痕。

不要人夸好颜色，

只流清气满乾坤。

58

◎这首诗有什么难理解的词语？

墨梅：用水墨画的梅花。

洗砚池：写字、画画后清洗笔和砚台的池子。据说东晋王羲之曾经"临池学书，池水尽黑"。王冕用王羲之的典故比喻自己热爱书画艺术。

头：边上。

个个：朵朵。

淡墨：水墨画里墨色分为清墨、淡墨、浓墨、焦墨等多种。这里指梅花用淡墨点化而成。

流：流传，流布。

清气：梅花的清香味儿，也比喻诗人清高自爱的精神。

满乾坤：弥漫在天地之间。

◎这首诗有什么内涵？

我家洗砚池的边上长着一棵梅树，朵朵梅花好像是洗过笔后点染的淡淡墨痕。梅花不需要别人夸赞它的颜色鲜艳，只想把清香淡雅的香味布满天地之间。

◎这首诗好在哪里？

读这首诗，能感受到作者王冕的清高、自爱之气。

开头两句是直接描写墨梅，墨梅虽然花朵颜色清雅，仿佛淡淡的水墨点染而成；后两句描写墨梅的精神气节：墨梅不求人们夸赞它颜色美，只求高雅的香气散布天地之间。

这其实是王冕在用墨梅自喻。

王冕的一生就如同这墨梅。他家境贫寒，白天放牛，夜晚苦读，但他多才多艺，能诗能画。虽然多次应试不中，但是他依然保存着自己的追求，这

不就是墨梅所希望的——

"不要人夸好颜色，只流清气满乾坤"吗？

诗句中墨梅颜色的"淡"和香气的"满"形成了对比，墨梅的形象和王冕本人的形象形成了对应，看到墨梅就会想到王冕。

◎想一想，练一练：

1. 王冕为什么选择画墨梅，而不是那些颜色鲜艳的花？

2. 这样一幅画，为什么作者说要"只流清气满乾坤"？

3. 为什么墨梅"不要人夸好颜色"？

十八、"十不上第"是罗隐:《蜂》

罗隐原名罗横，是唐代文学家。罗隐除了才华出众，还有两个特点：一是"丑"，二是"狂"。

大中十三年（859）年底，二十岁的罗隐前往长安参加进士考试。可是他没想到，这一考就是十次，一直考到全长安人都知道有个屡考不中的丑罗隐。

其实罗隐每次考试都是自信满满，那些试题在他看来都是小儿科，他也根本不会因为紧张而手足无措。

第一次考试，罗隐文辞激烈，锋芒毕露，甚至伤到了主考官的自尊。罗隐得罪了主考官，而且长得丑陋，还说着一口土话，怎么可能中选呢？

但是罗隐并没有被这件事情伤害，因为他对于自己的才华是有信心的。

既然我这么有才华，你不选我，那问题在于你，而不是我！罗隐还是每天在长安喝酒游玩，看到不平之事就作文赋诗，随心所欲皆文章。他根本不复习考试，每天都过得非常潇洒。

罗隐创作的这些诗歌指摘时事，很快就在长安城出了名。但是他的狂傲和才华触怒了长安贵族，好几个大臣将罗隐列入了自己的黑名单。

罗隐第二次考试时又是第一个交卷。唐昭宗本来想把罗隐列为甲科录用，但是大臣韦贻范却说，罗隐曾经在《华清宫诗》一诗中写道："也知道德胜尧舜，争奈杨妃解笑何。"这首诗明摆着是讽刺唐玄宗和唐昭宗。唐昭宗为此勃然大怒，勾掉了罗隐的名字。

第三次考试的题目是如何防止旱涝灾害。罗隐不仅在试卷中写出了自己的办法，还尖锐地指出，唐昭宗求雨是临时抱佛脚。国家只有植树造林，才能从根本上防止旱涝灾害。罗隐毫不留情地直接指责皇帝的错误，于是唐昭宗也把他拉进了黑名单。

第五次罗隐赶考时，一个看他不顺眼的大臣和主考官打了招呼，认为罗隐太丑了，绝对不能考中，否则这样的人当官就是给朝廷丢脸。于是，罗隐因为"丑"而落榜了。

第六次，直到第十次，每一次罗隐都落榜了。

第十次落榜后，五十岁的罗隐就离开了长安这个伤心地，再也没有回来。

其实，罗隐的"十不上第"，完全是因为他揭露了当时社会的黑暗和皇帝、大臣的无能，得罪了统治者导致的。

罗隐最终隐居于九华山。他在著作中提出了"太平匡济术"。那个丑且狂妄的罗隐，内心所念的依然是治国为民。

蜂

不论平地与山尖，

无限风光尽被占。

采得百花成蜜后，

为谁辛苦为谁甜。

◎这首诗有哪些难理解的词语？

山尖：山峰。

无限风光尽被占：指蜜蜂四处采集花蜜。

◎这首诗讲了什么故事？

无论是平地还是山峰，凡是鲜花盛开的地方，无限风光都被蜜蜂采花蜜独占了。蜜蜂辛辛苦苦地采集百花酿蜜，究竟是为谁而辛苦，又为谁送去甜蜜呢？

◎这首诗好在哪里？

这首诗描写的是蜜蜂，但是很有象征意义。前两句诗描绘了蜜蜂酿蜜的辛苦和忙碌。最后两句感慨，作者代蜜蜂发问，这么辛苦是为了谁呢？

这首诗夹叙夹议，其实暗喻了作者对于不劳而获之人的不满和痛恨。作者写的是蜜蜂，同情的却是艰辛劳苦的劳动者。这首诗具有"寓言"性质，读来令人感慨万千。

◎想一想，练一练：

1.诗人赞美了蜜蜂的什么品质？

2.想象一下蜜蜂四处忙碌采蜜的情景，用一段短文描写出来。

3.最后的反问句表达了作者怎样的思想感情？

十九、一片冰心王昌龄:《芙蓉楼送辛渐二首·其一》

开元十五年（727），二十九岁的王昌龄进士及第，被授予秘书省校书郎的职务。和其他没考中进士的文人相比，这已经是非常好的结果，但是王昌龄内心却并不满意。他对自己的期许，并非只是做一个校书郎，成天在典籍中耗费精力。读了那么多的圣贤书，王昌龄期许的是有朝一日，能够实现治理国家的宏伟抱负。

于是，七年后，王昌龄再次参加了朝廷举办的博学宏词科考试。而且这次，他又考中了！王昌龄的表现超群脱俗。但让他失望的是，虽然又一次通过了考试，职务却没有大的变化，王昌龄仅仅被授予汜水尉的职务。

为什么每次考试自己都能脱颖而出，但是到了安排工作的时候却总是差强人意呢？

王昌龄想不通。

好吧，岗位不满意，努力就是！

但王昌龄没想到，在汜水尉辛辛苦苦地工作了五年之后，自己又因事获罪，被贬谪到了偏僻的岭南，担任江宁丞。接二连三的打击让王昌龄失意到了极点。他需要宣泄自己的情绪。

在从长安到江宁赴任途中，王昌龄故意延迟不去，在洛阳一住就是半年，每天借酒浇愁。到了江宁之后，他也前往太湖、浙江一带游历。工作也没有之前那么用心，经常是三天打鱼两天晒网。

他这样的消极怠工，给了别人更多弹劾他的理由。

努力，却觉得不公平；不努力，就更为沉寂。王昌龄陷入了人生的低谷阶段。外界议论纷纷，正在这时，朋友辛渐要离开了。

面对即将离开的朋友辛渐，面对自己的狼狈处境，王昌龄会有什么话说呢？

于是他挥笔写下了千古名诗《芙蓉楼送辛渐二首·其一》。

芙蓉楼送辛渐二首·其一

寒雨连江夜入吴，

平明送客楚山孤。

洛阳亲友如相问，

一片冰心在玉壶。

◎这首诗有哪些难理解的词语？

芙蓉楼：原名西北楼，在润州（今江苏省镇江市）西北，登上芙蓉楼可以俯瞰长江。

辛渐：诗人的朋友。

寒雨：秋冬时节的冷雨。

连江：雨水和江水连成一片，形容雨水很大。

吴：古代国名，诗中泛指江苏南部、浙江北部。

平明：天亮的时候。

楚山：楚地的山。

孤：孤独一人。

冰心：比喻纯洁的心。

玉壶：道教用语，指自然无为虚无之心。唐代有时比喻为官清廉。

◎这首诗有什么内涵？

冷雨和江水连成一片的那个夜里，我来到吴地。天亮时送别好友，只剩下楚山的孤影。

到了洛阳之后，如果有亲朋好友询问我的情况，请告诉他们，我的心依然如同玉壶里的冰一样纯洁，并没有受到功名利禄的玷污。

◎怎样欣赏这首诗？

这首诗是写王昌龄早晨在江边送别友人辛渐的情景。

第一句诗写送别时的环境，烟雨迷离，夜雨和江水连成一片，带给人离别的萧瑟心情。那种雨水带来的寒冷和即将分别的不舍同样萦绕在两个朋友身边。第一句诗也成为第二句诗"平明送客楚山孤"的背景和衬托。这境界也是壮阔的，大江东去，诗人和友人分别，断不会哭哭啼啼、依依不舍。

诗人从江水看到了楚山，这孤独伫立的楚山，难道不是孤身留下的诗人形象的写照吗？但山无言，却是雄伟壮观，坚定不移的。这也如同诗人的内心，虽然孤独，却是坚定不移的。

一个"孤"字，引出了后两句诗对于友人的嘱咐："洛阳亲友如相问，一片冰心在玉壶。"诗人用这颗像玉壶中的冰一样纯洁的心来告慰友人，告慰远在洛阳的亲友，这难道不是难以言说的深情吗？

虽然没有更多的话，但是最后这一句，可以看出诗人和友人的深厚情谊，更能看出诗人的乐观开朗和坚强性格。孤山，和玉壶中的冰心互为映衬，为这首诗营造了一种明澈的意境。

细细品味，这首诗浑然天成，余韵无穷。

◎想一想，练一练：

1.请朗诵这首诗，用自己的话讲述王昌龄送别朋友辛渐的情景。

2.最后一句诗，"一片冰心在玉壶"，说明了诗人内心什么样的感受？

3.阅读这首诗，你有什么体验？

二十、孤独的诗仙李白：《独坐敬亭山》

"好诗，绝妙好诗！"唐玄宗看着手中那首诗赞不绝口，"宣李白入宫，这样才华横溢的诗人，怎么能不入宫呢？"

不多时，李白来到宫廷朝见唐玄宗。唐玄宗走下了步辇亲自迎接李白。他凝神细观，但见其人神采飞扬不落俗套，举手投足落落大方。"好！"唐玄宗亲手调羹，将美食赏赐给李白，还问起了民间的生活。李白对答如流，唐玄宗很是赞赏，于是封李白为翰林，随侍皇帝左右。

李白满以为自己的治国理想将要实现，但他没想到，唐玄宗需要的只是让他在宴席上随时赋诗一首，供他们玩乐，也让后代子孙记住当时的大唐盛世。

那一日，李白奉命为唐玄宗写了一首诗《清平调》，称赞杨贵妃的美貌。李白回家后喝得酩酊大醉。醉眼蒙眬之中，他看到一只小鸟在窗外跳跃，歌功颂德，供奉宴席。他想，难道这就是我李白的理想吗？

从那天开始，李白喝酒喝得更厉害了。他和诗人贺知章等人结成了"酒中八仙"，经常奔赴各种诗人聚会，喝得昏天黑地。

唐玄宗想要见李白，李白往往因为醉酒无法前去。日子久了，唐玄宗有些许厌倦，终于赏赐李白一些金子，放他离开了宫廷。

李白离开长安十年后，漂泊四方，看惯了人间冷眼，看穿了世态炎凉。

他还是那么骄傲，不肯为权势低头，但那种怀才不遇的伤感始终如影随形。天宝十二年（753）左右，李白创作了大量的游仙诗、饮酒诗，仿佛只有在诗酒中，才能获得内心的平静。

这首《独坐敬亭山》被后人推测就创作于天宝十二年（753）。还有一种说法，这首诗创作于唐肃宗上元二年（761）。那时候，年过花甲的李白漂泊一生，经历了安史之乱，也品尝了牢狱之灾；人生有过风光，也有过屈辱。过去的老朋友因为生老病死再不能相见。在人生的末尾，年迈的李白独上敬亭山，凄凉孤独，创作了这首千古绝唱。

这首诗究竟创作于哪一年？这是一个千古谜题。可能只有诗仙李白能够回答。

但无论是什么时候，那一定是李白生命中最凄惨的一段岁月，这才让生性乐观的李白，写下了这样伤心的一首诗。

独坐敬亭山

众鸟高飞尽，

孤云独去闲。

相看两不厌，

只有敬亭山。

◎这首诗有哪些难理解的词语？

敬亭山：在今安徽省宣城北。

独去：独自去。

闲：形容云彩飘来飘去，很悠闲的样子。

两不厌：指诗人和敬亭山。厌：满足。

◎这首诗有什么内涵？

群鸟高飞，无影无踪。孤云独自飘走，悠闲自在。

互相看看，两不相厌，只有我和敬亭山了。

◎如何欣赏这首诗？

这首诗在不动声色之中，写尽了孤独，给人伤心却无言的感受。

第一句话，看起来是写诗人看到的景色，鸟儿高飞不见，云彩就剩下一朵了，但也越来越远。隐含的意思就是只剩下诗人一个人了。这世界忽然寂静下来，没有鸟儿，没有云朵，没有声音，只有诗人自己。

这样的平静叙述，其实可以想象诗人孤独的内心，是寂静又凄清的。"尽"和"闲"都衬托出了"独"的意境。

这样广阔的空间，却只剩下李白一个人，甚至连鸟儿和白云都远去了。可见当时李白所处环境的空旷，可想当时李白内心的孤独。

诗歌后两句，其实把敬亭山拟人化了。因为李白写诗和敬亭山"两不厌"，敬亭山在诗人的想象中已经具有了思想和情感，和诗人成了互相理解，无须多言的知己。

李白没有写敬亭山的风光景色，而唯独写到了敬亭山和自己的"相看两不厌"，其实是写出了自己最孤独的时刻，敬亭山带给自己的安慰。

然而跳出诗歌来想，只有这座无言的敬亭山能够带给诗人安慰和理解，那李白的现实生活岂不是非常孤独？他的人生难道不是充满了孤寂？

在独坐中，诗仙李白品味到了人生无言的孤独。

◎想一想，练一练：

1.李白独坐敬亭山看到了什么？他想到了什么？

2.请品味诗歌蕴含的思想感情，说一说李白当时心情如何？

3.按照你的理解，画一幅李白独坐敬亭山的图画。

二十一、诗仙李白的偶像孟浩然:《黄鹤楼送孟浩然之广陵》

李白二十八岁那年,在安陆居住。小有诗名的他前去拜访早就成名的诗人孟浩然。孟浩然比李白年长十二岁。对于这位从来没有出仕的田园诗人,李白内心是非常尊敬仰慕的。

两位大诗人一会面,自然诗词歌赋无所不谈。孟浩然热爱田园生活,李白也热爱大自然,经常游历名山大川。两个人有共同的爱好和话题,很快就成了至交好友。李白后来在诗歌中写下了著名的诗句:"吾爱孟夫子,风流天下闻。"

这是李白对于孟浩然真心的尊敬和推崇。

此时的李白,还没有经历过后来追求理想道路上的坎坷。他依然对生活、理想充满希望,浑身斗志昂扬,充满了乐观向上的精神。开元盛世带给李白的更多是对于实现心中理想的向往。

开元十八年(731)三月,孟浩然要去广陵(今江苏扬州),李白得知这一消息,马上约孟浩然在江夏(今武汉市武昌区)见面。

李白和孟浩然在武昌游玩了一个多月,还一起游览了黄鹤楼。李白本来想在黄鹤楼赋诗一首,但看到了崔颢的题诗,李白既佩服又失望,只能说:"此处有景道不得,崔颢题诗在上头。"

欢聚的时光总是短暂的。几天后,孟浩然启程,乘船而去。李白在分别之际送到江边,就是这次送别,李白创作了这首千古名诗《黄鹤楼送孟浩然之广陵》。

这场两位大诗人的著名聚会，成为文学史上的佳话，并且为画家们提供了创作的灵感，成为后世无数名家画笔下送别江上的美丽图景。

黄鹤楼送孟浩然之广陵

故人西辞黄鹤楼，

烟花三月下扬州。

孤帆远影碧空尽，

唯见长江天际流。

◎这首诗有哪些难理解的词语？

黄鹤楼：我国著名名胜古迹，建在湖北省武汉市武昌蛇山黄鹄矶。据说三国时费祎在这里升仙乘着黄鹤离去，故此得名。

故人：指孟浩然。

辞：辞别。

烟花：指春天艳丽的风景。形容鲜花似锦，柳絮如烟的景物。

下：顺流而下航行。

碧空尽：消失在碧蓝色的天际。尽：尽头，消失。

唯见：只看见。

天际：天边。

◎这首诗有什么内涵？

朋友在黄鹤楼与我告别，在柳絮如烟、繁花似锦的三月去扬州游历。

那孤独的船帆在碧蓝色的天边渐渐消失，只能看到滚滚长江向着天际流去。

◎这首诗好在哪里？

在这首送别诗里，看不到寻常的泪眼相别，也看不到深情款款，看到的是两个乐观潇洒的诗人，看到的是大唐盛世的愉快分别。

在开元盛世，在最为太平繁盛的大唐，在最为繁荣的春天，诗人李白就要和朋友孟浩然分别了。李白认为孟浩然将要去的扬州也是非常美好的地方，即将展开一段美丽的旅行，所以没有什么伤春悲秋，依依不舍。

第一句诗，"故人西辞黄鹤楼"，黄鹤楼本身带有的典故传说，为这句诗赋予了神秘的色彩，别样的意蕴，也奠定了这首诗愉快的氛围，同时点题：李白和孟浩然送别的地点是"黄鹤楼"。

第二句诗，"烟花三月下扬州"，将离别的春日之景写到了极致。在这个送别的日子里，繁花似锦，柳絮如烟。这是两位诗人告别的背景。同时，"烟花三月"，也暗指当时所处地区的繁华。

最后两句诗，是用李白的视角在观看。他看到朋友已经乘船离去，那艘船在浩浩荡荡的长江中直奔天际，慢慢地看不到了，只看到奔腾而去的长江水。这说明李白一直在目送朋友孟浩然离去，对于朋友的远去非常不舍。此时李白送别孟浩然的心情，也如同这滚滚长江水一样，奔腾不息。

这首送别诗，抒发了李白对朋友孟浩然的深情厚谊，虽然是告别，然而李白并不沮丧伤感，反而是乐观潇洒。这首诗意境开阔，色彩明丽，是非常飘逸洒脱地送别之作。

◎想一想，练一练：

1.李白在这首诗里写到了送别时的哪些景色？

2.李白送别孟浩然，当他站在岸边的时候看到了什么？想到了什么？

3."孤帆远影碧空尽"，请品读，"尽"的是什么？"不尽"的又是什么？

4.假如你是李白，在送别时刻，会对你的好友孟浩然说些什么？

二十二、从神童到隐士张志和：《渔歌子·西塞山前白鹭飞》

开元二十七年（739），一个七岁男孩跟着父亲在翰林院玩耍。男孩眉清目秀，看着就很聪慧。翰林院宋学士拿着锦林文集逗他："这本书，能看懂吗？"

男孩眨巴着大眼睛，丝毫没有遇到陌生人的胆怯，迅速翻了一遍。宋学士再一问，男孩居然过目不忘，立刻就能背诵！

一时间，男孩被称为神童，在翰林院传为佳话。就连唐玄宗也听说了这件事，亲自召见这男孩，还出了考题考试他的学问。男孩完全不怯场，对答如流。唐玄宗圣心大悦，直接赏赐优养翰林院。

这个名动翰林院的男孩，就是唐代诗人张志和。

据说张志和原名龟龄，他出生之前，母亲曾经梦见有神仙送来灵龟吞服，故此得名。张志和三岁就能读书，六岁就能提笔作文，是名副其实的神童。

在翰林院扬名后，张志和十六岁时因为精通道术，被太子李亨重赏，增补京兆户籍，游历太学，并以明经及第。

天宝十年（751），张志和从太学结业。这年他二十岁，太子李亨亲自为他赐名"志和"，并且留在翰林待用，供奉东宫，称为太子御用班底。

张志和不但学问好，而且很有能力。他二十一岁被恩准回家省亲时，曾协助地方政府除奸灭盗，被人们赞为"神张"。

才干出色的张志和很快被候补杭州刺史。在杭州,他计除恶霸李保,为杭州老百姓做主申冤。

天宝十四年(755),安史之乱发生了。张志和又跟随太子李亨转战灵武,被任命为朔方招讨使。李亨即位后,张志和和舅舅李泌经常为唐肃宗平定安史之乱出谋划策。张志和也因此被提拔为左金吾卫大将军。

后来,唐肃宗为了尽快收复长安,答应了回纥屈辱苛刻的条件。但是,张志和对此持反对态度,还力谏唐肃宗。张志和因为这件事,被贬为南浦尉。

就在张志和心灰意冷之际,他的父亲去世了。于是他以为父亲守丧为名,脱离了官场。

唐肃宗明白张志和对国家的忠心,多有赏赐,希望他守丧结束后回归仕途。

但是张志和此时已经无意于官场。在守丧三年后,张志和的妻子又去世了。他为了避免被唐肃宗找到,只带了渔童、樵青归隐山林。

在湖州城西西塞山,张志和当起了渔翁,写下了这首著名的词《渔歌子·西塞山前白鹭飞》。

渔歌子·西塞山前白鹭飞

西塞山前白鹭飞,桃花流水鳜鱼肥。

青箬笠,绿蓑衣,斜风细雨不须归。

◎这首词有哪些难理解的词语?

渔歌子:原来是曲调名,后来人们根据这个曲调填词,就成了词牌名。

西塞山:在今天浙江省湖州市西面,张志和晚年在此隐居。

桃花流水：桃花盛开的时候江河正在涨水，所以被称为"桃花水"或"桃花汛"。

鳜鱼：俗称"桂鱼"，口大鳞细，颜色是黄绿色，味道鲜美。

箬笠：用箬叶、竹篾编成的斗笠。

蓑衣：用棕麻或草编成的雨衣。

◎这首词包含了什么意思？

白鹭在西塞山前自由飞翔，桃花水涨起来的时候也正是鳜鱼肥美的时候。渔翁头戴着青色的箬笠，身披着绿色的蓑衣，在斜风细雨中悠然自得，并不需要回家。

◎怎样欣赏这首词？

阅读这首词，带给人心情愉悦的感受，好像看到了一幅风景秀丽的江南山水图。

"西塞山前"是这幅山水图的地点，从这幅图可以看到白鹭，渔父，桃红，流水，这是渔父悠然自得的生活环境。白鹭是江南水乡特有的水鸟，能够在这里悠闲自在的生活，说明这个鱼米之乡适合水鸟生存，整个图画显得生机盎然。

后两句描写了渔夫的一身装扮，一边在优美的环境中捕鱼，一边欣赏春天的景色，心情无比愉悦。虽然天上下着小雨，但是因为有斗笠和蓑衣防雨，也无须着急回家。

这首词色彩鲜明，构思巧妙，意境优美，并且字句中流露着一种对自然和自由的热爱。据说苏轼非常喜欢这首词，曾经将这首词改为《浣溪沙》，配合乐曲歌唱。

◎想一想，练一练：

1. 这首词描写了一幅怎样的风景？用自己的话讲述一下。

2. 渔翁为什么下雨了也不着急回家？

3. 假如你画西塞山，你会画成什么颜色？

二十三、投笔从戎，清廉正直的张继：《枫桥夜泊》

长亭外，皇甫冉送别情同手足的好友张继。皇甫冉举杯，半晌才说出话来："贤弟这次回乡，也是一件好事。也是多年没有回去了，家里人想必很是思念。只是千万别心里委屈，虽然这次铨选考试没通过，但你总是进士，以后机会还会有的！"

张继却显得云淡风轻，毫无伤感，洒脱地一笑回答："兄长这样难过，好像没通过铨选的是自己一样！哈哈，别为我难过，天大地大，好男儿志在四方！你放心，我绝不会就此蹉跎岁月，落寞下去的！"

皇甫冉不由得也笑了："你呀，还有心情逗我！不过也好，你心胸开阔，这是最好不过的了！愚兄相信，未来贤弟一定会开创一番事业，青史留名！"

随后两个人依依惜别。

张继是襄州（今湖北省襄阳）人。他博览群书，爱好议论，而且熟知政事，与皇甫冉情同手足。张继在天宝十二年（753）中进士，但在吏部铨选考试中落选，所以选择了回乡。

皇甫冉相信以张继的才能必定会有获得朝廷重用的一天，但他们都没想到，这一天来得有点儿晚。直到九年后，唐代宗李豫收复了两京——长安和洛阳，张继才被录用为员外郎，于征西府办理公务。张继从此投笔从戎。

后来，张继升任盐铁判官，分掌洪州财赋。不过张继仅仅上任一年多，就在洪州因病去世了。

张继的仕途虽然开始得很晚，也很短暂，但是他非常清正廉洁。朋友刘长卿在悼念他的诗歌中写道："世难愁归路，家贫缓葬期。"张继去世后，亲人因为生活贫困，甚至为将他的灵柩运回家乡而发愁，于是不得不推迟了下葬日期。

张继的诗歌很有特点，爽朗激越，少有雕琢，但流传下来的仅存三十多首，其中最著名的就是被收录入《唐诗三百首》的那首《枫桥夜泊》。

安史之乱爆发后，唐玄宗仓皇逃奔蜀地。很多文人逃到了江苏、浙江避乱，张继也是其中之一。在一个秋天的晚上，诗人的船只停泊在苏州城外的枫桥。当时秋夜景色优美，于是张继在感动之余创作了这首千古名诗。

枫桥夜泊

月落乌啼霜满天，

江枫渔火对愁眠。

姑苏城外寒山寺，

夜半钟声到客船。

◎这首诗有哪些难理解的词语？

枫桥：在今江苏省苏州市虎丘区枫桥街道阊门外。

夜泊：晚上把船停靠在岸边。

乌啼：一说为乌鸦啼叫，一说为乌啼镇。

霜满天：指空气特别冷。

江枫：指江边枫树，也有人说指枫桥。

渔火：渔船上的灯火。

姑苏：苏州别称，因城西南有姑苏山而得名。

寒山寺：在枫桥附近，据说创建于南朝梁时期。

夜半钟声：也叫"无常钟""分夜钟"。当时寺庙有半夜敲钟的习惯。

◎这首诗有什么内涵?

月亮已经落下，乌鸦还在啼叫，寒气漫天。对着江边的枫树和渔船上的灯火，满怀忧愁，难以进入睡眠。

姑苏城外的寒山寺显得十分寂寞凄清，半夜的钟声传到了客船。

◎如何欣赏这首诗?

读这首诗，仿佛跟随着一个漂泊的旅客看到了江南深秋充满了寒气的夜晚，也能感受到作者身处乱世的羁旅之思，家国之忧。

全诗围绕着"愁"字，诗人感受到的是落月、啼乌、满天霜、江枫、渔火，连同诗人自己——不眠人，构成一种情景交融的审美意境，一下子就将读者代入到那个深秋夜晚的江南，有声有色，有真切的感受。

诗歌的后两句，写到了城、寺、船、钟声，给人们一种辽远、空旷的意境。在这些景物中，有静有动，有明有暗，有江水中的，也有岸上的，突出了夜色的孤寂与清冷。寒山寺因这首诗成为历史著名典故，而枫桥也因为这夜半钟声才得到了最美的表现，此诗堪称情景交融的最佳典范。

江南地区夜半钟的习俗在《南史》中早有记载，但是直到张继，才得以进入诗歌中，并成为独特的意境。

二十四、忧国忧民的南宋诗人林升:《题临安邸》

北宋靖康二年（1127），金人的铁蹄踏破了北宋都城，汴梁被攻陷了。北宋的两个皇帝宋徽宗、宋钦宗都被金人掳走，北宋国土沦陷，国家灭亡。史称靖康之变。

赵构在临安即位，史称南宋。临安繁荣富庶，南宋朝廷在这里大兴土木，亭台楼阁、太庙宫殿无所不备。达官贵人也在临安修建了很多豪华宅邸。

就在百姓都在心念故土，一心希望恢复故国时，南宋朝廷的达官贵人们，却忘记了国耻，依然欢歌艳舞，沉醉在美酒中。西湖被称为"销金锅"，南宋君臣沉迷于腐朽奢侈的生活中。

林升，字云友，号平山居士，是南宋诗人。林升的事迹不详，大约生活在南宋绍兴至淳熙年间。林升的诗作《题临安邸》就是代表南宋广大百姓倾诉内心悲愤的作品。

题临安邸

山外青山楼外楼，

西湖歌舞几时休？

暖风熏得游人醉，

直把杭州作汴州。

◎这首诗有哪些难理解的词?

题:写。

临安:南宋都城,在今天浙江省杭州市。

邸:府邸,这里指旅店。

休:暂停。

暖风:和煦的春风,也暗指歌舞带来的"暖风",南宋朝廷的靡靡之风。

游人:指一般游客,更是指苟且偷安的南宋达官贵人。

直:简直。

汴州:即北宋都城东京汴梁,在今天河南省开封市。

◎这首诗的内涵是什么?

青山一座接连一座,楼阁也绵延不绝,西湖上的歌舞什么时候才能停止?

和煦的春风吹得那些贵人如痴如醉,简直把杭州当成了汴州。

◎如何欣赏这首诗?

这首诗通过描写欢乐的宴饮和享乐生活,表达了对南宋朝廷的痛心、失望,包含着深刻的讽刺意味。

第一句诗,"山外青山楼外楼"是自然景观和人文景观相结合,在杭州青山掩映中,看不到头的是成片的亭台楼阁。这句诗看似是描写了一片祥和景象,其实是在讽刺贵族只知道贪图享乐,给自己修建豪华府邸。第二句,诗人含泪反问:"西湖歌舞几时休?"国土沦丧,西湖上的这些权贵还在醉生梦死。这种情况到底什么时候才能改变呢?这句话充满了亡国之痛,是诗人代表所有百姓对南宋政府发出的质问。

后两句,"暖风熏得游人醉,直把杭州作汴州",这里不光是指游客,更多的是指沉溺于糜烂生活的达官贵人。"熏"，刻画出那些歌舞场面对游人的感染，"醉"则写出了游客沉溺于歌舞的那种陶醉的状态。

诗人将眼前的"杭州"，和北宋都城"汴州"形成了鲜明对照。这是作者对靖康之变的回顾，南宋朝廷这样沉迷于宴乐，没有任何斗志，失去北方国土还有收复的一天吗？

读这首诗，可以看到诗人对国家民族命运的担忧，对统治者醉生梦死、苟且偷生的讽刺和愤怒。

◎想一想，练一练：

1. 前两句诗描述了怎样的情景？

2. "暖风"和"游人"的含义是什么？

3. 请用你的话讲述一下，诗人看到此景为什么会感到痛心？

二十五、陆游爱国一生未曾改:《示儿》

"什么？第一名不是堪儿？我看不光是选得第一名有问题，这个主考官也有很大的问题！难道我们堪儿还不够优秀吗？"说话的是历史上大名鼎鼎的权臣——秦桧。

绍兴二十三年（1153），临安举行锁厅试，也就是针对现任官员和恩荫子弟的进士考试。秦桧权倾朝野，以为自己十六岁的孙子秦埙必然会得第一名。谁知那个不长眼的主考官，居然让一个姓陆的青年得了第一。难道他想挑战自己的权威？秦桧越想越生气。这件事不能就这么算了。

第二年，姓陆的青年参加礼部考试，秦桧直接告诉主考官，那个姓陆的青年不得通过考试!

这位被秦桧记恨的陆家子弟，便是历史上著名的爱国诗人陆游。

陆游，字务观，号放翁，越州山阴（今浙江绍兴）人。能取得锁厅试第一名，绝对不是靠运气，而是名副其实。

从家庭氛围来看，陆游出身江南藏书世家，而且还是名门望族。陆游的高祖陆轸是宋真宗时进士，曾经担任过吏部郎中；陆游的祖父陆佃是王安石的学生，精通经学，曾经担任过尚书右丞。陆游的父亲陆宰也很喜爱诗文，在北宋末年担任过京西路转运副使。可以说，陆游的家族世代都是书香门第，而且都曾经报效国家。

靖康之变发生时，宋高宗携带大臣逃往南方，陆宰也带着四岁的陆游到了东阳（今浙江金华东阳市）。一路颠沛流离，给年幼的陆游种下了爱国的种子。

陆游从小就聪慧过人，拜毛得昭、韩有功等名师学习。他十二岁就能写诗作文。陆游能在锁厅试中斩获第一靠的是真才实学。

由于得罪了秦桧，陆游的仕途充满了坎坷。直到绍兴二十五年（1155）秦桧因病去世，陆游才被任命为福州宁德县主簿。不久，陆游调入京师，担任敕令所删定官。敕令所在宋代是编纂各种行政命令的部门，陆游担任的删定官主要负责校对工作，是一个八品小官。

虽然只是一个小官，但是陆游敢于发声。他多次上奏，建议宋高宗要严于律己，不能沉溺于珍宝玩物。他看到杨存中掌握禁军时日一久，权威日益高涨，建议罢免杨存中。这些建议都被宋高宗采纳，陆游还因此被升任为大理寺司直兼宗正簿，负责司法工作。

宋孝宗即位后，陆游被任命为枢密院编修官。当时宋孝宗任用张浚为都督，开展北伐。但陆游建议不要轻易出兵，要做长远计划。张浚出兵后，在符离之战中大败。此后，陆游在镇江遇到张浚，献上出师北伐的计划。

张浚看过陆游的计划后，赞扬陆游"志在恢复"。

隆兴二年（1164），陆游进言两位权臣结党营私，宋孝宗因此大怒，将陆游贬为建康府通判。更多的人见风使舵，说陆游结交张浚，鼓动张浚用兵。陆游因此被罢免了官职。

这是主和派对于主战派陆游的打击，目的是让陆游从主战派退出，削弱主战派的力量。

后来，陆游应四川宣抚使王炎邀请，投身军旅，担任幕府。宋光宗即位后，陆游被任命为礼部郎中，但很快又因为遭到攻击而罢免。宋宁宗即位后，陆游被诏告负责主编宋孝宗、宋光宗的《两朝实录》和《三朝史》。修书成功后，陆游在山阴隐居。

嘉定二年（1209），爱国诗人陆游带着未能完成的心愿——收复失地，黯然去世。

去世前夕，他创作了这首绝笔诗《示儿》。

示儿

死去元知万事空，

但悲不见九州同。

王师北定中原日，

家祭无忘告乃翁。

◎这首诗有哪些难理解的词语？

示儿：写给儿子们看。

元知：原本知道。元，通"原"，本来。

但：只是。

九州：古代中国分为九州，所以用"九州"指代中国。

同：统一。

王师：指南宋的军队。

家祭：祭祀家中先人。

乃翁：你的父亲，指陆游自己。

◎这首诗蕴含了怎样的内容？

我本来就知道，人死后就什么都没有了。只是痛心没能亲眼看到祖国统一。

等到朝廷军队收复失地的那一天，你们举行家祭，千万别忘了把这个好消息告诉你们的父亲！

◎如何欣赏这首诗？

读这首诗，仿佛看到诗人陆游一生壮志未酬，却爱国之心依然热烈澎湃。

第一句，"死去元知万事空"，表明诗人的人生之路已经走到了终点。他对此是看穿的，对于死亡无所畏惧。"元知万事空"代表了诗人敢于直面死亡的勇气。

第二句，"但悲不见九州同"，写出了诗人内心的悲痛。死亡没什么可怕的，但令诗人至死难忘的，是国家还没有统一。即便死了，也是心有不甘，死不瞑目。

第三句，"王师北定中原日"，这是诗人临终对国家，对后人的期望。陆游坚信，宋军一定可以收复失地，国家一定会有统一的那一天！诗句的气氛从悲愤转为斗志昂扬。

第四句，"家祭无忘告乃翁"。这是陆游对于儿子的嘱咐，虽然自己看不到国土收复那一天了，但你们一定可以看到，到时候一定不能忘记在家祭的时候把收复中原的好消息告诉我！

这首诗行文曲折多变，一波三折，真实反映了诗人陆游在临终时忧国忧民的爱国热情。既表达了陆游对于国家统一始终抱有坚定的信念，也表达了没有亲眼看到国家统一的无限遗憾。

这首诗的基调悲壮激昂，语言朴实，感情真挚，爱国之情溢于言表。

◎想一想，练一练：

1.读这首诗，你能想到什么画面？

2.用一个字表达你读这首诗的感受，是哪个字？

3.诗人在临终时，念念不忘的是什么？

二十六、三百年来第一流龚自珍：《己亥杂诗》

道光九年（1829），大学士曹振镛担任殿试主持考官。"这篇文章，大学士看看如何？"曹振镛看看手下考官激动的神色，不由得暗中摇摇头，"这些人啊，还是这么不开眼，什么时候能学得稳重点！"曹振镛皱着眉毛接过来文卷，此人字写得倒是不错，只是这内容太敏感，居然议论平定新疆准格尔之乱后的善后政策，举凡用人、管理、治水、治边，无所不包，洋洋洒洒千余言，简直胆大包天！

这，这可是王安石当年变法《上仁宗皇帝言事书》的风格！这样的激进，要是拔了头筹，这朝廷还能有安稳日子过吗？

各位考官显然都为这份考卷激动了：这样锋芒毕露，如此有思想，有见解，难道不是人才？他们都眼巴巴地望着曹振镛："主考大人，这样的人才，又有锋芒，该如何处置?"

曹振镛沉吟片刻，挥手一扔，那试卷轻飘飘地被扔到了地上："此人太过激进，不能录用。"

于是，这份卷子的主人被排名为三甲第十九名，没能考入翰林。

这份轰动了殿试的考卷，就是清代思想家、文学家龚自珍的杰作。

乾隆五十七年（1792）七月初五，龚自珍出生于浙江仁和（今杭州市）东城一个官宦世家，家里的各位长辈不但文采出众，而且都身居高位。龚自珍的祖父龚禔身是乾隆三十四年（1769）进士，官至内阁中书、军机处行走；龚自珍的父亲龚丽正是嘉庆元年（1796）进士，官至江南苏松太兵备道，他的外祖父是清代文字学家段玉裁。

龚自珍从小跟随母亲接受教育，尤其喜欢诗文。他八岁研读《大学》《经史》，十二岁就跟随外祖父段玉裁学习《说文》。随着年纪渐长，他对于目录学、金石学也显示出非同常人的兴趣。

嘉庆二十三年（1818），龚自珍中举，后来以举人身份选为内阁中书。龚自珍对于当时清政府国家管理很有自己的看法。他担任国史馆校对时，阅读了非常丰富的书籍和档案。后来，他还参加了《大清一统志》的修撰。

所以，在龚自珍第六次会试中，他能写出那样震惊四座的文章，绝非偶然。那是龚自珍多年来关注国家政治和思考问题的总结。可惜主考官曹振镛是有名的"多磕头，少说话"的"三朝元老"，又怎能容忍龚自珍这样锋芒毕露的人才呢？

后来，龚自珍多次揭露时弊，批评清政府的腐朽，主张改革弊政，抵制外国侵略，被柳亚子誉为"三百年来第一流"。

但在当时，龚自珍遭到当权派的打击，所以他辞职南归。

龚自珍曾经先后执教于江苏丹阳云阳书院和杭州紫阳书院。

龚自珍的诗文和他的主张一样，也以"更法"和"改图"为主题，并且洋溢着爱国主义热情。

《己亥杂诗》共收录了龚自珍的 315 首诗，均创作于龚自珍辞官离京后的途中。这些诗歌集中反映了作者忧国忧民的思想。

己亥杂诗

九州生气恃风雷，

万马齐暗究可哀。

我劝天公重抖擞，

不拘一格降人才。

◎ 这首诗有哪些难理解的词语？

九州：中国别称之一。传说古代中国分为九州，分别是冀州、兖州、青州、徐州、扬州、荆州、梁州、雍州和豫州。

生气：生机勃勃的局面。

恃：依靠。

万马齐暗：比喻社会局面毫无生气。暗：（yīn）沉默。

降：降临。

◎这首诗有什么内涵？

只有依靠风雷的庞大力量才能让中国大地焕发勃勃生机，然而社会政局毫无生气始终是一种悲哀。

我奉劝上天重新振作精神，不要拘泥于规格以降下更多的人才。

◎这首诗好在哪里？

读这首诗，能感受到诗人对于国家，对于民族现状的沉痛感受，和对于国家改革迫在眉睫的殷切希望。

前两句诗，"九州生气恃风雷，万马齐喑究可哀"用比喻来表示，必须有惊天动地的风雷，才能改变当时中国死气沉沉的现状。"风雷"，在这里比喻改革、革命的风暴。"万马齐喑"是一个典故，苏轼在《三马图赞引》中说，宋代元祐初年，西域进贡宝马，这宝马一出东华门就引颈长鸣，万马齐喑。这里诗人是在比喻当时的清朝统治严苛，人们都不敢发表意见，这是一种沉闷的社会氛围。而诗人写了一个"哀"字，说明诗人对于这种现状的痛心，也可以看出诗人对于国家现状的担忧和一片赤诚的爱国之心。

诗歌最后两句，"我劝天公重抖擞，不拘一格降人才"这表面上是在奉劝上天，其实诗人是在重申人才的重要性。"不拘一格"，可以看出诗人对于人才的包容性。诗人希望多种多样的人才能蜂拥而出，改变当时清政府的腐朽无能，改变被列强侵略的社会现实。

这首诗想象奇特，对于社会现实给予深刻的抨击，读来大气磅礴。最后两句诗更是对未来充满了向往和期待，成为后人传颂的名句。

◎想一想，练一练：

1.读这首诗，你能想象到一幅什么样的画面？

2.诗中的"万马"是指什么？

3. 为什么诗人会感到"哀"？

4. 诗人说的"风雷"是什么？

二十七、儒学集大成者朱熹：《观书有感二首·其一》

南宋绍兴五年（1135）的一个春日，伴着和煦春风，一群孩子进入学堂。一个五岁一脸稚气的孩子，跟着老师一起读《孝经》。由于他全神贯注，那稚嫩的声音听起来特别悦耳："子曰：'夫孝，德之本也，教之所由生也……'"

不一会儿，下课了，孩子们都蜂拥着跑出去玩耍。刚才认真朗诵的孩子却在思考："孝"，是人品德中的根本，也就是说，一个人最起码要做到的就是"孝"……

他想了一会儿，拿起笔来，郑重地在书本上写下了八个字：若不如此，便不成人。

这孩子名叫朱熹。建炎四年（1130）九月十五，朱熹出生于南剑州尤溪（今福建省尤溪县）。他从小就很热爱思考。六岁时和小朋友玩耍，就会在沙地上画八卦，还向父亲询问关于太阳、天空的问题。

朱熹十三岁时，父亲病逝。临终前，父亲将朱熹托付给好友刘子羽，还写信给朋友刘子翚、刘勉之和胡宪，请他们帮忙教育朱熹。父亲希望这些学养深厚的朋友能够给少年朱熹一个良好的成长氛围，让这个善于思考的孩子能够学有所成。

父亲去世后，朱熹悲痛万分。幸好父亲好友刘子羽成为朱熹义父，将他视同己出。刘子羽在自己家旁边盖了房子安置朱熹一家，方便照顾、教育朱熹。

失去父亲的朱熹日夜苦读。他的天赋没有因为家庭变故而被掩盖。十八岁那年，朱熹在乡试中考取了贡生。第二年，朱熹中举，考中第五甲第九十名，赐同进士出身。

后来，朱熹被任命为泉州同安县主簿。在同安，朱熹的管理办法是"敦礼义、厚风俗、劝吏奸、恤民隐"，并且整顿县学，这些政策让同安县百姓获益匪浅。

绍兴二十八年（1158），任满后，朱熹看到当时南宋风行求仙问道，不但耗费国力，而且已经成为国家中兴一大阻碍。朱熹于是重新踏上求学之路。他拜李侗为师，继承了二程学说正统，这也奠定了日后朱熹学说的基础。

后来，朱熹母亲去世，朱熹修建了寒泉精舍为母亲守墓，从此开启了长达六年的著书时期。六年后，朱熹终于编成了《近思录》。

淳熙五年（1178），宋孝宗任命朱熹知南康军兼管内劝农事。朱熹在视察旱灾时，倡导修复了著名的白鹿洞书院。他亲自撰写了《白鹿洞书院教规》，并成为后来几百年间书院办学的样板。这也是世界教育史上最早的教育规章制度之一。

淳熙九年（1182），五十二岁的朱熹将《大学章句》《中庸章句》《论语集注》《孟子集注》四书合刊，至此，历史上的"四书"之名才第一次出现。朱熹对《四书集注》的修改倾注了全部精神，可谓一丝不苟。甚至去世前一天，他还在修改《大学章句》。朱熹将《四书》视为士子修身准则。

后来，从元朝开始一直到清末，《四书》成为历代封建王朝治国之本，也是人们思想行为的典范，科举考试的标准教科书。

朱熹成为理学集大成者，被后世尊称为"朱子"，

民间流传着许多关于朱熹的有趣传说，其中最富有神话色彩的就是"神笔镇流"。据说有一天，朱熹到朋友家游玩。朱熹见朋友家景色非常好，到处是郁郁葱葱的山林，环境也非常静谧。他非常高兴，说："这才是读书的好地方！快拿纸笔，我送你两个字！"朋友于是取来纸笔，朱熹想了想，写下"居敬"两个大字送给朋友。朋友非常高兴，不但将朱熹的题字珍藏起来，还将朱熹题字用的笔收藏起来。他将朱熹的字和笔当成传家宝，传给了子孙。

时间流转，到了清朝康熙年间。朱熹这位朋友的一个后代当了官。他在上任时，带着祖先流传下来的朱熹的题字和毛笔。谁知到了一条大江中，忽然波涛滚滚，眼看船就要翻了。同行的人们惊恐万分，纷纷将身上带的镇邪之物扔到江中。可是大江浊浪滔天，依然没有平静下来的意思。这位官员身上没带什么镇邪的东西，一着急就把祖先传下来的朱熹题字和毛笔扔到了江中。谁知，江水立刻风平浪静，好像从来没有出现过刚才的风浪。船上的人都非常惊讶，纷纷询问刚才扔下去的是什么？官员回答，丢入江中的是朱熹的题字和用过的笔。于是，神笔镇流的故事就流传了下来。

这神奇故事的背后，当然是后世百姓对于朱熹的崇敬和敬仰之情。

观书有感二首·其一

半亩方塘一鉴开，

天光云影共徘徊。

问渠那得清如许？

为有源头活水来。

◎这首诗有哪些难理解的词语?

方塘:又名半亩塘,在今福建省尤溪城南郑义斋馆舍内。

鉴:古代用来盛水或者冰的青铜盆,也有人认为是镜子。这里指像鉴一样可以照人。

徘徊:来回移动。

渠:它,这里指方塘里的水。

那得:怎么会。那:同"哪"。

源头活水:指水的源头。比喻知识不断更新,需要不断积累、学习,才能让自己的知识保持先进性,好像水的源头一样。

◎这首诗有什么内涵?

半亩大小的方池塘像镜子一样展现在眼前,天上的光华和云彩的影子都在这镜子中一起移动。

要问为什么方塘的水如此清澈?那是因为有不会枯竭的源头源源不断地为它注入活水啊。

◎如何欣赏这首诗?

这是一首蕴含着丰富哲理的哲理诗。这首诗写了读书的体会和感受,但并不抽象难懂,而是从大家常见的自然景象说起。诗歌第一句写方塘像镜子一样,这是很多人看到水面都会有的体会。第二句"天光云影共徘徊",非常生动形象地描写了诗人的体会。天上的光彩和云朵的影子在方塘中不断地变化,就仿佛人在徘徊。这写出了方塘的水非常清澈,否则就不会有这样的倒影。这样美好的景色,引发了诗人的感触,所以会问:问渠那得清如许?

这个"清"字,其实是从第二句的"天光云影"得出来的体会和感受。第四句对此做出了回答:为有源头活水来。因为有"源头"活水的注入,所以这方塘的水能够在变动中保持清澈。

读这首诗，景色描写生动，如在眼前。也带给人思考：读书也是如此，只有不断更新知识，不断学习，才能为自己的知识不断注入"活水"，保持知识的更新。

◎想一想，练一练：

1. 为什么诗人看到方塘，就想到了读书？这二者有什么联系？

2. 方塘的水为什么总是清澈的？

3. 读这首诗，带给你怎样的启发？用自己的话讲述一下。

二十八、爱读书爱思考的朱熹：《观书有感二首·其二》

皓月当空，四岁的朱熹和家人一起赏月。清风徐徐，父亲指着天空告诉朱熹说："孩子，你看，那是'天'。"天？小朱熹反问父亲："天上有什么东西？"父亲非常惊喜，虽然回答不了这个问题却对家人说："这孩子可以指望，以后可能会有大出息！"后来，人们就把朱熹这个善于思考、热爱提问的故事叫作"朱子问天"。

又是一年夏天，少年朱熹坐在林荫道旁边读书，浑然忘记了周围的世界。母亲看天气炎热，连忙熬了一碗莲子汤，叫朱熹来喝。朱熹端起莲子汤，看着母亲煮汤热得满脸汗水，心里很是感动，于是说："母亲辛苦了，请母亲先喝。"

母亲却笑着摇摇头，说："孩子，莲花是花中君子。莲花浑身都是宝，建莲还是朝廷贡品。如今皇家和咱们百姓都可以享用建莲。"母亲说着眼神忽然变得悠远起来，她想了想，又说："这说明，君主和百姓是一体，孔孟之道就存在于其中。莲藕可以做菜，还能做成藕粉。荷叶清热解毒，可以入药，还能供人观赏。所以啊，孩子，做人就要和莲花一样，做一个正人君子。"

朱熹端起母亲精心熬制的这碗莲子汤，慢慢品尝着，思索着……

朱熹的一生与书相伴，而且他勤于创作，流传至今的作品多达一千四百多万字。朱熹不但热爱读书，而且总结出了一套读书方法。这方法来源于朱熹多年的读书体会，而且非常实用，人人都可以实践。这就是六则读书法，后人称为"朱子读书六法"。具体步骤如下。

第一，循序渐进。朱熹说的这个"序"不只是书上目录的次序，还指知识深浅的次序。读书需要由浅入深，先读浅显易懂的。等掌握了这一部分较浅显的知识，再读更高深一些的书籍。

第二，熟读精思。读书不能浮光掠影，草草看过就算读了。古人常说："读书百遍，其意自现。"读书需要思考，只有勤于思考，才能将书上知识转化为自己的知识，才能真正理解书中的内容。

第三，虚心涵泳。这里的"虚心"，是朱熹鼓励读书人要用虚怀若谷的心态对待读书。读书的时候不能先入为主，也不能用自己的猜测去想象作者的意图，要虚心读书。"涵泳"，是仔细读书的意思。读书需要仔细咀嚼，反复体味，才能掌握书中的真理。

第四，切己体察。朱熹说："读书不可只专就纸上求义理，须反来就自家身上推究。"朱熹的意思是，不能死读书，要将书上内容联系自身实际来推究。只有这样，才是自己的收获。

第五，着紧用力。这是指读书要下功夫，不怕辛苦。但是朱熹所说的下功夫是非常刻苦地读书，他说："读书者当将此身葬在此书中，行住坐卧，念念在此，誓以必晓彻为期。看外面有甚事，我也不管，只一心在书上。"这是非常投入地读书，沉浸在书中的内容，不受外界干扰。

第六，居敬持志。朱熹所说的"居敬"，有两个意思，恭敬，并且还有安静的意思。就是读书需要摒除杂念，专心致志，安静读书。"持志"，说的是要将读书看作自己的事业，必须怀着这种信念前行，坚持不懈地努力，才能获得成功。

正是因为有这读书六法，朱熹才通过刻苦攻读成为举世闻名的学者。而后世很多读书人，都在这"朱子读书六法"的指导下，成就了一番学问。

观书有感二首·其二

昨夜江边春水生，

蒙冲巨舰一毛轻。

向来枉费推移力，

此日中流自在行。

◎这首诗有哪些难理解的词语？

蒙冲：原义是古代战舰名，这里指大船。

一毛轻：像一片羽毛一样轻盈。

向来：原来。

推移力：指古代在浅水行船，需要人拉船才会走。

中流：河流的中心。

◎这首诗具有什么内涵？

昨天晚上，江边涨起了春潮，巨大的战舰如同一片羽毛般轻盈。原来行船需要花费很多力气去推拉，今天却能够在河流中心自在漂行。

◎如何欣赏这首诗？

这是一首运用了比较手法的哲理诗。朱熹以泛舟为例，向读者说明学习的道理。第一句是写，因为昨天下了大雨，江边春水涨起，过去需要人力推拉的巨船，现在却如同羽毛一般轻松地浮了起来。

这其中蕴含的深意在于，艺术创作或者思考是需要灵感的。平时苦思不得，一旦灵感来临，那么艺术创作手到擒来。另外一种解释是，艺术创作需要基本功扎实，才能熟能生巧。这是朱熹多年苦读研学的深刻体会，但是他却能够用生动的方式讲出来，非常难得。

◎想一想，练一练：

1.为什么大船在春潮到来的时候就容易航行了？

2.读这首诗，联系你的学习情况，你有什么感受？

二十九、少年诗人林杰:《乞巧》

林杰是唐代诗人，字智周，祖籍福建。

林杰从小聪慧过人，六岁时就能赋诗，出口成章，而且精通书法棋艺。

盛夏的夜里，小林杰经常和母亲在院子里乘凉。夜空中繁星点点，闪亮异常。母亲指点着夜空中的星星，告诉小林杰，这些星星都是什么名字。

母亲告诉小林杰，在农历七月初七晚上，也就是传说中的"七夕"这一天，是天河两岸的牛郎织女在鹊桥相会的日子。

"母亲，那牛郎和织女真的会在天上相会吗?"小林杰好奇地问。

"当然，到了那一天，全天下的喜鹊都飞去天上。晚上，它们就会排队组成鹊桥，那时候就是牛郎织女相会的时候了。这一天，女孩子们会穿着新衣，向织女星祈求智巧。人们称为"乞巧"。在七月七日这一天，女孩子对着月亮穿针。如果能把线从针里穿过去，那就叫'得巧'。这女孩子就会被织女保佑，有一双巧手。"

小林杰看着天上的繁星点点，脸上绽开了笑容。他好像真的看见，在一片星光中，牛郎挑着担子，担子里是一双可爱的儿女。鹊桥对面，就是眼含泪光却笑容满面的织女。一家人终于可以团聚了……

乞巧

七夕今宵看碧霄，

牵牛织女渡河桥。

家家乞巧望秋月，

穿尽红丝几万条。

◎这首诗有哪些难理解的词语?

乞巧：又名七夕，在农历七月初七。

碧霄：浩瀚无垠的青天。

几万条：夸张说法，指很多。

◎这首诗有什么内涵?

　　在七夕晚上遥望碧蓝的天空,好像能看到牛郎织女在鹊桥相会。家家户户都在一边赏月一边乞巧,那对月穿针的红线都有几万条。

◎如何欣赏这首诗?

　　诗歌前两句写了牛郎织女的故事,也写了七夕这天晚上,人们都会仰望夜空,想象着牛郎织女即将在鹊桥相会。

　　后两句诗写民间乞巧的盛况,大家都在赏月的同时穿针乞巧,那穿针的红线就有几万条。诗人没有写,这些乞巧的人们都许了什么心愿,但是这恰恰给读者留下来想象的空间。为什么人们都这样喜爱乞巧?难道大家都希望有一双巧手吗?当然不仅仅如此,关键是因为大家都有一颗善良的心,希望牛郎织女能够幸福。

◎想一想,练一练:

　　1.用自己的话讲述一下牛郎织女的故事。

　　2.七夕这一天,人们是怎样乞巧的呢?

　　3.人们仅仅是希望自己心灵手巧吗?读这首诗,你发现人们还有什么愿望?

三十、清朝第一词人纳兰性德:《长相思》

"朕看了你的《通志堂经解》,很不错。你的功夫没有白下。朕听说,你母亲也是爱新觉罗氏?"

"谢皇上错爱。微臣母亲的确出身于爱新觉罗氏。"

年轻的康熙看了看眼前这个文质彬彬的年轻人,年轻人的母亲是皇族后裔,曾祖父金台吉是叶赫部贝勒,而金台吉的妹妹孟古格格就是皇太极生母。可见年轻人的确身份尊贵,难得学问不错,人品也出众。

"容若,以后你就跟着朕,当三等侍卫吧!"

这位被康熙皇帝高看的年轻人,就是清朝著名词人纳兰性德。

纳兰性德,字容若,满洲正黄旗人。纳兰性德不但出身高贵,而且从小文武兼修,十七岁就进入国子监。由于他聪慧过人,国子监祭酒徐文元很欣赏他,将他推荐给内阁学士徐乾学。

纳兰性德读书十分刻苦,十八岁就参加顺天府乡试,考中举人。十九岁,他参加会试,考中贡士。可惜的是纳兰性德由于生病,错过了康熙十二年(1673)的殿试。

三年后,他在康熙十五年(1676)的殿试中脱颖而出,考中第二甲第七名。其间,纳兰性德主持编纂了儒学汇编《通志堂经解》。这部书获得了康熙皇帝的欣赏,纳兰性德因此留在康熙皇帝身边做了侍卫。

他跟随康熙皇帝多次出巡,还奉旨出巡,考察沙俄侵略情况。不久,纳兰性德被提拔为一等侍卫。

纳兰性德才华出众。有很多文人墨客，尤其是江南文人围绕在他的身边。纳兰性德对于身边的朋友非常真挚，总是尽自己最大的努力去帮助他们。这其中，最为人称赞的就是"生馆死殡"的故事。

著名的江南才子大学者吴兆骞不幸被牵连进了震惊天下的江南科场案。吴兆骞被发配宁古塔。如无意外，宁古塔就是吴兆骞的葬身之地。由于案子牵涉太广，没有人敢营救吴兆骞。

吴兆骞的好友顾贞观向纳兰性德求助。纳兰性德被顾贞观和吴兆骞的深厚友情感动，回了一首词《金缕曲》。他在词中写道：

此事，三千六百日中，弟当以身任之，不俟兄再嘱也。

意思是，这件事情他自己会承担，但是需要十年时间来完成。虽然纳兰性德的慷慨大义令人感动，但是十年光阴太漫长了，顾贞观怕吴兆骞等不到那个时候。于是，顾贞观说："人寿几何？请以五载为期。"

这是一件非常棘手的事，但是纳兰性德既然答应了，就一定完成。他求助于父亲宰相明珠。最后，经过多方谋划，吴兆骞终于结束流放，回到京城。

纳兰性德担心吴兆骞居无定所，特意聘用他为学馆老师，教授自己弟弟读书。后来，吴兆骞在探亲途中去世，纳兰性德听说后立刻从江南返回京城，出钱护送吴兆骞的灵柩回吴江。

这件事被人们称赞为友谊的典范，"生馆死殡"也因此成为一句成语。吴兆骞活着时，纳兰性德聘他为学馆先生，使得他衣食无忧。吴兆骞去世了，纳兰性德还为他出殡下葬。这就是纳兰性德对朋友的一片真心。

纳兰性德的词作清丽婉约，格调高远，在清代词坛享有盛誉。康熙十六年（1677），纳兰性德的妻子去世，这给他带来了巨大的伤痛。他的词因此更加哀婉伤感。康熙二十四年（1685），三十岁的纳兰性德因病撒手人寰。

纳兰容若被后人称为"清朝第一词人"。

长相思

山一程，水一程，

身向榆关那畔行，

夜深千帐灯。

风一更，雪一更，

聒碎乡心梦不成，

故园无此声。

◎这首词有哪些难理解的词语？

长相思：词牌名，又叫"吴山青""山渐青""相思令"等。

程：道路，路程。山一程，水一程：指山高水远。

榆关：指今天的山海关，在河北省秦皇岛东北。

那畔：山海关的另一边。

千帐灯：皇帝出巡时住宿行营的灯火。千帐指灯火很多。

更：古时候一夜分为五更，每更大概两个小时。

聒：声音嘈杂，此处指风雪声。

故园：故乡，这里指北京。

此声：指风雪交加的声音。

◎这首词有什么内涵？

跋山涉水走过一程接一程的路途，将士们向着山海关进发。夜深了，千万个行军帐篷里都点起了灯。

外面风声呼啸，雪花不断落下，这让思乡的将士无法入睡。在故乡是没有这样寒风呼啸、雪花飞舞的聒噪之声的。

◎如何欣赏这首词?

第一句，"山一程，水一程"写出了行军路途遥远。这是一种反复的修辞方法。"一程"重复使用，可以想象路途遥远。"身向榆关"，说明了行军的方向。仔细品味，"身向榆关"，其实也意味着"心"向故乡。正是因为如此，词人才会在漫长的行军路途上产生对故乡的思念和留恋。

当夜晚到临，"夜深千帐灯"，将士们准备休息时，对着昏暗的灯光，也是最思念故乡的时候。这句词也称为上片和下片的转折，承前启后。

于是词人在夜晚，继续感受着帐外风雪交加，"风一更，雪一更"，这反复的修辞手法，是对开头的一种照应。塞外风雪交加的恶劣天气，更加促使人们思念故乡。风雪交加的声音，"聒碎乡心梦不成"，导致词人无法入眠，因为故乡没有这里连绵不绝的风雪聒噪声。

这首词用朴素的语言，表现出真实的情感，带有词人细腻的思乡情怀，文风自然质朴，直抒胸臆，毫无雕琢痕迹。

◎想一想，练一练:

1.跟随作者的脚步，你看到了什么景色?

2.作者的心情如何? 你是怎么体会作者心情的?

3.写一段短文，描述作者夜晚的所思所想。

三十一、王维的精神家园辋川别业：《山居秋暝》

"什么？张相公也被罢官了？"听说名相张九龄被排挤罢官，正在饮酒的人忽然沉默了下来。他就是大名鼎鼎的诗人王维。

王维仕途不得已，但是他想得很开，毕竟每个人运气不同，尚可以等待时运。然而张九龄被罢官，那大唐还有什么指望？

他沉吟片刻，忽然放声大笑："好好好，不如归去！来，且满饮此杯，再做打算！"宴席上沉默的人们重新爆发出欢饮声。但是王维和刚才不同，却带着几分看破红尘的味道。

天宝三载（744），王维开始经营蓝田辋川别业。辋川别业的前身是唐代诗人宋之问的辋川山庄。这里有山林，也有泉水，更有泉水滋养出的怪石，是一片难得的天然园林。

后来人们根据王维的《辋川集》记载和后人描绘的《辋川图》，推测辋川的风景别有特色。

从山口进入，迎面就是"孟城坳"，这是一片山谷低地。山坳背面的山岗叫作"华子岗"，上面种有郁郁葱葱的青松和秋色树。山势高，树木多。面对着山谷，就是辋口庄。越过山岗，就是背岭面湖的绝佳景色，有文杏馆，又有斤竹岭，上面多有翠竹。这里只有一条小路，还有小溪潺潺。顺着小溪，就可以到达"木兰砦"，这里风景非常幽深。和斤竹岭对着的，就是"茱萸片"，上面开满了花红似火的山茱萸。翻过了山茱萸，是另外一个谷地，名叫"宫槐陌"。

登上山岗，在人迹罕至的山林深处，就是"鹿砦"。鹿砦下面是"北宅"，北宅尽头是悬崖峭壁，峭壁下就是欹湖。欹湖空阔，湖水广大，四面清风。为了欣赏湖光山色，这里还修筑了"临湖亭"，堤岸上种有杨柳，故名"柳浪"。山下谷底是南宅，顺着南宅从小溪走到入湖口，就是"白石滩"，顺着小溪向上走，就到了"竹里馆"。

王维本来就具有绘画天赋，又是田园诗人，很有艺术眼光。在修建辋川别业时，王维更加注重园林的意境，让辋川别业别具韵味，成为唐宋时期写意山水园林的代表作品。

王维正是在这里创作了大量的田园诗歌，收录在《辋川集》中。

山居秋暝

空山新雨后，天气晚来秋。

明月松间照，清泉石上流。

竹喧归浣女，莲动下渔舟。

随意春芳歇，王孙自可留。

◎这首诗有哪些难理解的词语？

暝：日落，太阳快要落下去了。

空山：空旷的山野。

新：刚刚。

竹喧：竹林中传来笑语喧哗声。喧：指竹叶发出的沙沙声。

浣女：洗衣服的女子。浣：洗衣服。

随意：任凭。

春芳：春天的花草。

歇：消失。

王孙：指贵族子弟，后来也指隐居的人。

◎这首诗包含着什么内涵？

空旷的山林刚刚下过一场新雨。夜晚降临，让人感受到已经是秋天了。皎洁的明月从松树间隙洒下月光，清澈的泉水在山石上淙淙流淌。竹林里笑语喧哗，原来是洗衣服的姑娘归来，莲叶轻轻摇摆，原来是上游有小船划了下来。春日的花花草草可以随它们任意消散，秋天的山林中，王孙自可以久留。

◎如何欣赏这首诗？

这首著名的山水诗，描写了初秋新雨后黄昏时的山居景色，在诗情画意中寄托了作者对理想的追求。

诗歌的第一句设定了一幅山水画的背景。秋日，空山，新语，傍晚，这里是人迹罕至的山林，似乎可以呼吸到雨后山林中的清新空气。这幽静的山水风景具有超凡脱俗的清新意味。

"明月松间照，清泉石上流。"这句千古流传的名句，写出了山林的幽静和溪水的清澈，具有一种富有禅意的自然美。一个人倘若此时行走在这里，头上是明月，身旁是青松，耳边是泉水在山石上淙淙流动。这山林是如此安静，如同一幅大自然绘就的山水画，高雅，洒脱。

然而就在最寂静的时候，有声音传来了——

"竹喧归浣女，莲动下渔舟。"在寂静的月色中，传来了喧笑声，这是洗衣服的姑娘们回来了。那碧绿的荷叶，被水推向两边，是顺流而下的小舟打破了月夜的宁静。这时只闻其声，不见其人，但是动静对比，令人感到特别美好，而且富有诗意。

这些洗衣服的姑娘笑得无拘无束,具有劳动人民特有的质朴无华。诗人对洗衣姑娘的描写也隐藏了诗人对于田园生活的向往。

回顾诗人所写的景色:青松,泉水,月色,翠竹,碧莲,都是高洁品质的象征,也是诗人向往的理想境界。

而最后一句诗:"随意春芳歇,王孙自可留。"至此也就顺理成章。

这首诗具有王维特有的"诗中有画,画中有诗"的特点,读来余韵无穷,令人回味。

◎想一想,练一练:

1.阅读这首诗,找一找在诗歌中出现了哪些意象?

2.你觉得这首诗里最美的画面是怎样的,请用自己的话描述一下。

3.诗中所写的画面元素十分丰富,为什么诗人却说是"空山"?

三十二、苦吟诗人孟郊:《游子吟》

大唐天宝十年(751),一个男孩在湖州武康出生了。他就是唐代著名诗人孟郊。

孟郊的父亲是朝廷的一名小吏,担任昆山县尉。孟郊从小家境贫寒。他性格也比较孤僻,没有什么好友。青年时期,孟郊在河南嵩山隐居。

安史之乱打破了孟郊平静的生活。贞元七年(791),四十一岁的孟郊前往京城应考进士。这一次,孟郊没有考中。但是他结识了此生重要的好友韩愈。

　　韩愈虽然比孟郊小十七岁，但已是一位非常成熟的诗人。两个人志趣相投，于是结伴同游。韩愈经常写诗赞颂孟郊。

　　贞元十二年（796），孟郊奉母命第三次参加进士考试，这次孟郊考中进士，被选为溧阳县尉。当时韩愈还写了《送孟东野序》特地为孟郊送别。在溧阳城外，有个地方是过去的平陵城。那里有一片积水和一座山林。孟郊经常前去游览。

　　孟郊时常在水边徘徊，歌咏自己生平的坎坷。但这样往往导致孟郊耽误了本职工作。于是县令找别人来承担孟郊的工作，孟郊则将薪水分给那个人一半。孟郊的生活因此更加困顿。

　　后来，河南尹郑余庆任命孟郊为水路运从事，自此孟郊在洛阳定居，生活才安定下来。但是不久，他又遭受了丧子之痛。

　　孟郊饱尝生活的酸楚，命运坎坷。他有很多诗歌描写了世态炎凉，民间苦难，被人们称为"诗囚"。由于孟郊写诗往往精思苦吟，工于铸字炼句，语言多险奇艰涩。因此人们称孟郊苦吟。由于贾岛和孟郊的人生遭遇和诗的风格都十分相似，都是诗风清奇悲凄，追求锤字炼句，苏轼将他们并称为"郊寒岛瘦"。

　　孟郊非常孝顺。赴溧阳任职时，孟郊将母亲从清河桥老家接到溧阳身边侍奉。一天夜里，母亲在昏暗的油灯下为他缝补衣服。孟郊看着油灯如豆，一头华发的母亲眯着昏花老眼，手里还在一针一线地细细地为自己补衣服。孟郊心中涌起一股暖流，想到辛劳一生的母亲这般年纪还在为自己操劳，心中百感交集，于是创作了一首著名的诗歌《游子吟》。

游子吟

慈母手中线，

游子身上衣。

临行密密缝，

意恐迟迟归。

谁言寸草心，

报得三春晖。

◎ 这首诗有哪些难理解的词语?

游子: 古代称呼远游旅居的人。

吟: 诗体名称。

意恐: 担心。

归: 回家。

寸草: 小草，比喻子女。

心: 草木的茎，比喻子女的心意。

三春晖: 春天灿烂的阳光。三春: 古时候称农历正月为孟春，二月为仲春，三月为季春，合称三春。晖: 阳光，形容母爱像春天一样温暖。

◎ 这首诗有什么内涵?

慈母用手中的针线为游子缝制身上的衣服。

临行前一针又一针密密地缝制，害怕儿子回来得晚衣服因此破损。

有谁能说，子女像小草那样微弱的孝心，能够报答像春晖一样的慈母恩情呢?

◎如何欣赏这首诗？

歌颂母爱的诗歌有很多，但是对于中国人而言，《游子吟》是千百年来中国人口口相传的名诗佳作。

诗歌第一句，"慈母手中线，游子身上衣"从"线"到"衣"连接起了母亲和儿子，这是母亲对儿子说不尽的牵挂，这是血浓于水的母子情深。

母亲"临行密密缝"，害怕的是儿子"迟迟"归。前四句都是白描手法，毫无修饰，但是写出了母子情深，写出了母亲对孩子的牵挂，动人心魄。

最后一句，"谁言寸草心，报得三春晖"，这是诗人对于母亲的歌颂，是直抒胸臆的真挚情感。

这首诗毫无修饰，用白描手法描写了一件普通的小事，但是却代表了普天下的慈母之情，发自肺腑，令人感动。

◎想一想，练一练：

1.这首诗描写了一个怎样的场景，你从诗中看到了什么？

2.孟郊怎样比喻母亲对孩子的恩情？

3.阅读这首诗，说一说母亲对你怎样爱护的？你应该怎样对待母亲？

三十三、范成大改诗:《四时田园杂兴·其三十一》

范成大手持毛笔,在手稿上改了又改。忽然,他站起身,拿着诗稿读了起来:

> 白头老媪簪彩花,黑头女娘双髻丫。
>
> 撇下儿蹄上山去,采桑已毕当采茶。

范成大口里念念有词:"这首诗写夔州采茶,可还行?还是找几个夔州朋友一起品读。我自己觉得还不错呢!"

于是,几个朋友很快聚集到范成大家里。范成大命人斟上好茶,开始给大家朗诵自己刚创作的诗歌。

本来范成大自信满满,可是几个朋友听了却连连摇头。一个朋友说:"为了讨个吉利,我们那里的老妇人都是头戴红花,从来没见过有人戴彩花!"另外一个朋友说:"我们那里的妇人不但要采茶,还要带孩子,非常辛苦。妇人即便上山采茶,也背着孩子,从来没有独自采茶的。"范成大还没来得及说话,第三个朋友又说话了:"我们那里采茶可不能等到采桑结束,不然茶就老了,不好喝了。"

没想到这首诗存在这么多问题,范成大决心亲自到夔州看看采茶的场景。范成大深入田间地头,观察农家的生产、生活。果然,朋友们说得都没错,的确是自己没有了解实际情况,犯了许多错误。范成大深感实地考察的重要性,于是修改了这首诗《夔州竹枝歌》:

白头老媪簪红花，黑头女娘三髻丫。

背上儿眠上山去，采桑已闲当采茶。

这首诗符合实际情况，真实生动，栩栩如生地刻画出夔州当地采茶的风俗，很快成为脍炙人口的名诗。

范成大早期创作的诗歌很多都有堆砌典故的毛病，还经常在诗歌中发一些议论。不过，在他后来的诗歌创作中，广泛学习晚唐诗歌的风格和技巧，还继承了白居易、王建等人的新乐府运动精神，写了很多贴近生活的诗歌。特别是范成大常年担任地方官，经常深入民间。他同情老百姓的疾苦，熟知各地的风土人情，创作了很多反映民生的好诗。在范成大创作的诗歌中，价值最高的就是他出使金国的纪行诗和田园诗。

在隐居石湖的十年中，范成大创作了许多田园诗。久负盛名的《四时田园杂兴》就创作于这个时期。《四时田园杂兴》是一组七言绝句组诗，总共六十首。每十二首为一组，共五组，分别描写春日、晚春、夏日、秋日和冬日的田园生活。

这组田园诗非常具有特色。在中国古代的田园诗中，诗人大多数是抒发隐士隐居田园的闲情逸致，但是关于农村的生产活动很少。范成大将对田园风光的描写和对农村生产生活的描写融为一体，并且全面描写了农村生活的各种细节。范成大的这组诗歌，让田园诗成为真正反映农村生活的诗篇。这些诗歌在南宋末年产生了很大影响。

钱锺书先生在《宋诗选注》中评价范成大的这些诗歌："也算得中国古代田园诗的集大成。"

四时田园杂兴·其三十一

昼出耘田夜绩麻，

村庄儿女各当家。

童孙未解供耕织，

也傍桑阴学种瓜。

◎这首诗有哪些难理解的词语？

杂兴：随性而写，没有固定题材的诗篇。

耘田：给农田除草。

绩麻：把麻搓成线。

各当家：每个人都承担一定的工作。

未解：不懂。

供：参加。

傍：靠近。

阴：树荫。

◎这首诗有什么内涵？

白天耕地除草，晚上搓麻，村里的男女各司其职。

小孩不懂种田织布，却也学着大人在桑树荫下种瓜。

◎如何欣赏这首诗？

这首诗用朴实无华的语言描写了夏日村庄的生活场景。

前两句写的是夏日村庄忙碌的生产景象，人们白天忙着在地里除草，晚上妇女回到家里还要搓麻织布。诗中"儿女"，就是指村里的年轻人，作者是用长者的身份在观看农村生活。

111

后两句写到孩子们虽然不懂种地织布，但也学着在桑树的阴凉下种瓜。"桑树"，说明是夏日。孩子们学着大人种瓜，这体现了农村儿童特有的天真。

这细腻的笔触，描写了村庄从大人到孩子，热火朝天的劳动生产景象。这样的生活是辛苦的，也是充实的。

◎想一想，练一练：

1.这首诗描写了哪个季节的村庄？从哪些词语能看出来？

2.这首诗描写了村庄的人们都在忙碌什么？你看到了哪些场景？

三十四、流传千古的送别名诗：《送元二使安西》

在唐代众多诗歌中，王维的送别诗《送元二使安西》独具特色，成为脍炙人口的名诗，传唱至今。

也有读者非常好奇，王维提到的元二，究竟是何许人也？

原来这位伴随着这首诗流传至今的"元二"，名叫元常，在兄弟中排行第二，所以被称为元二。他是诗人王维的好友。根据历史记载，元常懂兵法，所以这首诗很可能是元常奉旨前往安西执行公务，而当时王维身在渭城，所以在渭城送别元常。

诗歌中提到的安西，指的是安西都护府。贞观十四年（640），唐太宗在西域设立安西都护府。安西都护府统管安西四镇，即龟兹、焉耆（今新疆焉耆西南）、于阗（今新疆和田西南）和疏勒（今新疆喀什）。

龙朔二年（662）之后，吐蕃和唐朝多次争夺安西四镇，安西四镇几度易手。安史之乱爆发后，安西都护府的很多驻军被调往内地平定叛乱，导致安西都护府兵力空虚，最终被吐蕃占领。

这首诗大约创作于安史之乱前，元常可能是奉命出使到安西四镇节度使高仙芝处。

诗人所处的渭城，即秦代咸阳古城，汉代改名为渭城。

王维提到的阳关，位于河西走廊的敦煌市西南七十公里处。阳关是汉代为了防御游牧民族入侵而设置的重要关口，也是丝绸之路上中原通往西域和中亚地区的重要门户。阳关在广阔无垠的沙漠中，具有"一夫当关，万人莫开"的险要地势。

阳关和玉门关南北对峙，是古代兵家必争的战略要地。

送元二使安西

渭城朝雨浥轻尘，

客舍青青柳色新。

劝君更尽一杯酒，

西出阳关无故人。

◎这首诗有哪些难理解的词语？

朝雨：早晨下的雨。

浥：湿。

客舍：驿馆，旅馆。

柳色：柳树象征离别。

更尽：再喝完。

◎这首诗有什么内涵?

清晨的细雨打湿了渭城路边的尘土,驿馆旁边的柳树因此更加翠绿欲滴;劝君再喝下这杯离别的美酒,向西走出了阳关就再难遇见故人。

◎如何欣赏这首诗?

这首诗情真意切,形象生动,语言朴实,刚一问世就成为唐代送别名诗,被谱上曲子演唱,成为送别的经典之作,被称为"阳关曲"。

前两句写送别时的景色。因为清晨的"朝雨",在这样湿润的天气里,杨柳青翠欲滴,形成了离别时的特有气氛。普通人遇到分别总是依依不舍,甚至泪流满面,但这首诗表达的离别之情非常内敛、克制。

诗的最后一句:"劝君更尽一杯酒,西出阳关无故人。"更是将依依惜别的情谊表露无遗。诗人没有写送别的宴席上说了什么,喝了多少酒,嘱咐了什么,但这句劝酒词,将强烈真挚的情感表达得非常深刻。

朋友即将西出阳关,前路漫漫,再喝一杯酒吧,阳关之外很难再看到朋友了。

这种惜别的真情,适合所有分别的场景,这也是这首诗流传至今的原因所在。

◎想一想,练一练:

1.元二出使的是什么地方?

2.送别的时刻,有什么场景?

3.这首诗体现了诗人怎样的情感?你从哪些词语看出来的?

三十五、被粉丝一路追寻的翁卷:《乡村四月》

"戴兄，这一路追寻，可找到那人踪迹?"

有个人问南宋诗人戴复古。戴复古捋着胡须，苦恼地摇摇头:"可惜呀，温州，江西，福建，我都跑遍了，都没有遇不上他。真人难遇，真人难遇啊!"

"我最近听说您要找的那位诗人现在好像是在湖南。"

"真的吗? 那戴某要即刻启程了!"戴复古好像喝了上好的美酒，浑身充满了力量。他马上收拾行李，前往湖南。

在湖南，戴复古终于如愿遇到了他苦苦追寻的诗人翁卷。戴复古特地赋诗一首《湘中遇翁灵舒》:

> 天台山与雁荡邻，只隔中间一片云。
>
> 一片云边不相识，三千里外却逢君。

这首诗将偶遇翁卷的惊喜宣泄得淋漓尽致。

翁卷，字续古，又字灵舒，南宋诗人。翁卷一生只参加了一次科考，失败后就放弃了出仕。他为生计，也为诗歌奔波四方。翁卷的诗多写景物，追求平淡的情调，给人一种野外飘逸的感受。他的山水诗，既有晚唐诗歌细腻精致的风格，又有宋诗旅行化的特点。

翁卷和赵师秀、徐照、徐玑被称为"永嘉四灵"。

乡村四月

绿遍山原白满川，

子规声里雨如烟。

乡村四月闲人少，

才了蚕桑又插田。

◎这首诗有哪些难理解的词语？

山原：山陵和原野。

川：平地。

白满川：指稻田里的水色映照着天光。

子规：杜鹃鸟。

才了：刚刚结束。

蚕桑：种桑养蚕。

插田：插秧。

◎这首诗包含着什么内涵？

山陵和原野草木繁盛，稻田里的水光和天光两相照应。天空中烟雨蒙蒙，杜鹃在一声声啼叫。乡村里的四月没有闲人，人们刚刚结束了种桑养蚕，又要开始插秧了。

◎如何欣赏这首诗？

这首诗以白描手法描写了江南水乡的四月风光。前两句描写了水乡特有的景色，我们看到有绿色的草木、白色的水光，眼前有蒙蒙细雨，能听见杜鹃鸟在鸣叫。前两句诗虽然描写的是开阔的山林坡地，但是色调鲜明，动静结合，有声有色。

诗歌后两句描写了人们忙着养蚕种桑树，忙着在水田里插秧。人们在这样优美的风景里劳动，构成了一幅美好的农忙画面。

◎想一想，练一练：

1.阅读这首诗，能想象到怎样的画面？

2.看到这首诗，你体会到什么？

三十六、王之涣送镜子:《凉州词二首·其一》

"大人，文安郡尉钱大人来访。"

王之涣听到钱大人来了，不由得皱起了眉头。这位钱大人可不是一个好打交道的人，此人贪财如命，什么钱都敢要。更让人为难的是，钱大人还是王之涣的顶头上司，这时候来访，肯定又要生事。

王之涣只能前去迎接钱大人。两个人见面一阵寒暄，王之涣问道："不知道大人来此有何贵干？"

钱大人的脸笑得好像一朵花儿似的，非常客气地道："哪里，见笑见笑！您是远近闻名的大诗人，本官非常仰慕，特地前来拜会。"

王之涣更是摸不着头脑了，只得安排给钱大人安排酒宴。等钱大人走了之后，留下一个礼盒。

这人居然舍得给下属送礼？

王之涣心中疑惑，打开礼盒一看，里面放着白花花的一百两银子。

哎，难道这钱大人是为了这个？

王之涣不由得叹气,这个钱大人,还真是个"钱串子",走一趟也要生财啊!

原来在唐代官场上,非常重视礼节。假如别人给你送了一份价值十两银子的礼,你就要回十倍的礼,也就是一百两银子的礼。但是王之涣两袖清风,哪儿来那么多银子给钱大人回礼呢?

第二天,王之涣派仆人抬着一个大礼盒,给钱大人回礼。钱大人一看这么大一个礼盒,笑得合不拢嘴。赶紧命令下人上茶。

钱大人眼睛忍不住时不时地瞄向礼盒,实在心痒难耐。他找个机会到后堂打开礼盒一看,顿时勃然大怒。哪里有什么银子,礼盒里就有一块铜镜,还有一大桶凉水。钱大人忍不住破口大骂:"王之涣,你这个小人,居然敢如此戏弄本官!"

王之涣赶紧解释说:"钱大人息怒,我可不敢戏弄您。这块铜镜,是赞扬您为官清廉,清明如镜;凉水,是赞扬您两袖清风,清廉如水。这可是最高级的赞誉,花多少钱都没办法买到呀!"

钱大人张口结舌,明知道王之涣是在嘲笑自己,却说不出话来。

后来钱大人几次来文安找王之涣的毛病,但是王之涣将文安治理得井井有条,无懈可击。钱大人只能作罢。

凉州词二首·其一

黄河远上白云间,一片孤城万仞山。

羌笛何须怨杨柳,春风不度玉门关。

◎这首诗有哪些难理解的词语?

凉州词:是当时流行的曲子《凉州》配的唱词,又名《出塞》。凉州,属于唐陇右道,治所在姑臧县(今甘肃省武威市凉州区)。

远上：远远向西望去。

孤城：孤零零的城堡。

仞：古代长度单位，一仞相当于现在的七尺或八尺。

羌笛：横吹管乐。羌笛从汉代就传入甘肃、四川等地，是唐代边塞常见乐器。

杨柳：《折杨柳》曲，古诗词中用杨柳比喻送别。

度：吹到。

玉门关：汉武帝时设置，由于当时西域输送玉石从这里路过而得名，是古代通往西域的要道，在今甘肃省敦煌西北小方盘城。

◎这首诗包含着什么内涵？

远远向西望去，黄河好像奔腾在白云中。在黄河上游万仞高山中，一座孤独的城堡玉门关伫立在那里。

何必用羌笛吹起哀怨的杨柳曲埋怨春风不来呢，春风是吹不到玉门关的啊！

◎如何欣赏这首诗？

《凉州词》是唐代就已经广为传唱的名诗。

诗歌前两句描绘了边塞壮阔的景色，黄河仿佛飞到了白云上。黄河的上游，就是雄伟的边塞孤城玉门关。这句诗气象开阔，带给人雄壮的感受。塞外的辽阔、凄清、荒凉、雄伟感受扑面而来。

特别是塞上孤城，是这幅画的主要意象。这座"孤城"，是守卫边疆的塞外堡垒，这意味着战斗，那么就一定会有将士们存在。

在诗歌第三句，诗人用羌笛的悠悠声响连接"杨柳"，暗含的是出征将士们说不尽的思乡情结。最后一句，委婉地劝慰将士们，在玉门关这如此偏僻的边疆，即便是春风也难以到达。"何须怨"其实是对将士们的劝慰，因为守卫边疆责任重大，容不得思乡情结的干扰。

这种悲壮的情绪成为唐诗最典型的代表。

◎想一想，练一练：

1.阅读这首诗，你能看到怎样的画面？

2."孤城"中为什么会有羌笛声？是谁在吹笛子？

3.朗诵这首诗，你能体会到怎样的情绪？

三十七、陆游上《平戎策》:《秋夜将晓出篱门迎凉有感二首·其二》

绍兴三十一年（1161）五月，正逢宋高宗生日，整个朝廷都是喜气洋洋，歌舞欢宴。大臣们纷纷送上贺礼，祝贺宋高宗的寿辰。

难得的好心情，宋高宗频频举杯，开怀畅饮。

忽然有金国使者到来，宋高宗心里咯噔一下。就是生日这天，金国也不让自己痛快吗？不过，南宋国力大不如前，宋高宗只能无奈地让人请进金国使者。

金国使者趾高气扬，进殿来草草一拜，送上一纸文书。宋高宗打开这纸文书，手在颤抖，心也揪了起来。好呀，真是好贺礼！在生日这一天，金国居然要自己割让秦安以北土地，如若不然，就要挥师北下！

宋高宗愤怒之余，内心无比悲哀。打又打不过，自己虽然是皇帝，在生日这天还要受这样的屈辱!

宋高宗号啕大哭,看来只有逃跑一条路了。

这时八品文官陆游前来拜见。这是根据轮对的政策,每个官员都有面见皇帝的机会。

陆游来到宋高宗面前,恭恭敬敬,慷慨陈词道:"陛下,切莫忘记了靖康耻,我们的百姓在盼着打回东京去! 大宋的千里江山,不能这样被金人占领……"

宋高宗看着陆游,忽然感到非常头疼。

这次轮对之后,陆游被罢官了。

朋友们安慰陆游道:"其实,你不必这样奏对。皇帝都不着急的事儿,你一个八品文官着什么急!"陆游摇摇头道:"假如再有这样的机会,我还会这么说。抗击金国,是我一生的使命!"

四十岁时,陆游被任命为镇江通判。这次他劝说张浚北伐,遭到主和派报复打击。有人上书朝廷,说陆游"结交谏官,鼓唱是非,力说张浚用兵。"陆游的爱国活动被说成是具有非常用心,陆游再次被罢官。

四年之后,陆游写信给四川宣抚使王炎,毛遂自荐。抗金将领王炎看到信很激动,于是请陆游来担任干办公事。陆游被王炎委托草拟驱逐金国,收复中原的战略计划。这说明,王炎非常信任陆游,也非常看好陆游的能力。陆游创作了《平戎策》,建议王炎,要收复中原,必须先收复长安。要取长安,必须先取陇右。我们需要积蓄粮食,训练士兵,相时而动。有能力就进攻,没有力量就坚守。这是陆游收复中原的全部计划。

当时陆游经常去前线战略要塞巡查,还去过著名的大散关。南宋名将吴璘之子吴挺代替父亲掌兵。吴挺骄纵无比,很多次因为别人微小过失杀人。陆游建议王炎换掉吴挺,但是王炎害怕得罪吴璘,不敢更换吴挺。后来,吴挺的儿子投降了敌人，陆游的话得到了验证。

后来，陆游苦心撰写的《平戎策》还是被朝廷否决了。陆游更没有想到的是，王炎在即将北伐时被调回临安。表面上是给王炎升官，其实是朝廷并不想北伐。

陆游也被撤回，去了成都。

他知道，自己和许许多多期盼着收复失地的爱国将士一样，再也不会有踏上抗金战场的机会了。

爱国，只能永远唱响在陆游的诗歌中，传唱千载。

秋夜将晓出篱门迎凉有感二首·其二

三万里河东入海，

五千仞岳上摩天。

遗民泪尽胡尘里，

南望王师又一年。

◎这首诗有哪些难理解的词语？

三万里：虚指长度，形容很长。

河：黄河。

五千仞：形容很高。仞：古代长度单位。

岳：指西岳华山。黄河和华山都在金占领区内。

摩天：迫近高天，形容非常高。摩：摩擦、接触。

遗民：生活在金国占领区的汉族人民，但是内心认同南宋王朝。

胡尘：指胡人骑兵溅起的尘土和金的暴政统治。

南望：眺望南方。因南宋都城临安相对于金统治区而言是南方。

王师:指南宋军队。

◎这首诗具有怎样的内涵?

三万里长的黄河奔腾向东入海,五千仞高的西岳华山直触到青天。

生活在金国占领区的人民在金国的暴政下流干了眼泪,他们眺望南方,盼望南宋军队到来,盼了一年又一年。

◎如何欣赏这首诗?

读这首诗,给人沉痛的感受,但同时诗歌气势又非常雄浑。

陆游用"五千仞岳"这样高耸入云的华山与黄河,作为失去的大好河山代表,可见内心沉痛。"三万里河"与"五千仞岳",多么雄伟壮观的大好河山,如今却尽落金人之手,难道不让人痛苦万分吗?

这样的夸张意象,象征着祖国的伟大,意境扩大深沉,对仗工整。

但下面两句诗文风一转,"泪尽"写出在金地滞留的遗民之痛,丧失国土六十多年,多少百姓流离失所,多少人妻离子散,如何不"泪尽"?然而遗民仍然心念故国,年年南望,希望王师收复失地。这份盼望一直盼了六十多年,等来的却是南宋朝廷的步步沉沦。这种真挚情感被辜负,尤其令人痛心。

两种对立情绪的交织,造成艺术力量的加强。理想与现实,期盼与失望,热爱与悲愤,读来令人百感交集,感慨万分。

◎想一想,练一练:

1.怎么理解"三万里"和"五千仞"?

2."胡尘"是不是指金兵战马扬起的灰尘?

3.这首诗给你怎样的感受?

三十八、王昌龄诗酒相酬慰平生:《从军行七首·其四》

唐开元二十八年（740），诗人王昌龄在巴陵遇到了李白。当时李白正在被流放夜郎途中。两个人一见如故，就在江边的小船上一边饮酒一边泛舟谈心。那些大唐文坛往事，一幕幕在两个人话语中展开。

临分别的时候，王昌龄特意写了《巴陵送李十二》：

摇曳巴陵洲渚分，清江传语便风闻。

山长不见秋城色，日暮蒹葭空水云。

虽然只是一次见面，但李白对于王昌龄的风采也是十分欣赏。后来，他听说王昌龄被贬为龙标尉，还特地写诗遥寄王昌龄，就是那首著名的《闻王昌龄左迁龙标遥有此寄》：

杨花落尽子规啼，闻道龙标过五溪。

我寄愁心与明月，随风直到夜郎西。

从军行七首·其四

青海长云暗雪山，

孤城遥望玉门关。

黄沙百战穿金甲，

不破楼兰终不还。

◎这首诗有哪些难理解的词语?

从军行:乐府旧题,属相和歌辞平调曲,多为反映军旅的辛苦生活。

青海:指青海湖。唐朝大将军哥舒翰曾经在青海湖筑城,神威军在这里戍守边疆。

长云:层层浓云。

雪山:指祁连山,山顶终年积雪。

孤城:即玉门关。

玉门关:又名雁门关,汉代设置的边关名,在今甘肃省敦煌西。

楼兰:汉朝时西域国家,即鄯善,在今日新疆维吾尔自治区鄯善县东南。西汉时,楼兰王曾经勾结匈奴,多次杀害西汉使臣。这里泛指唐代西北地区经常骚扰边境的少数民族。

◎这首诗包含了怎样的内涵?

青海湖上方的浓云密布,连雪山都遮蔽得暗淡了。边塞孤城和玉门关相隔千里,遥相对望。

黄沙和战斗磨穿了驻守边关将士们的铠甲,但他们的雄心壮志依然在,不打败进犯的敌人,绝不返回家乡。

◎如何欣赏这首诗?

读这首诗,能看到塞外扑面而来的风沙,更能看到驻守边关的将士们一片爱国之心。

前两句诗写到了"青海""长云""雪山""孤城""玉门关"描绘出一幅塞外风光。这幅图画宏伟壮观,气势恢宏,其中"暗""孤城"写出了塞外的苍茫荒凉。这里突出了将士们生活环境的艰苦。

那么,在这样的环境中将士们又是怎样的心理感受呢?

诗歌最后两句回答了这个问题："黄沙百战穿金甲，不破楼兰终不还。"用非常简洁的语言描写了环境的艰苦，将士们的铠甲都被大漠的风沙磨穿了。"黄沙"刻画出了西北战场的特点，"百战"可见战斗频繁，"穿金甲"可见战斗艰苦，时间很长。然而这样的艰苦，并没有让他们畏惧和放弃，反而让他们更加斗志高昂，发出了豪迈的誓言，一定要打败敌人，不然绝不返回故乡。

这首诗前两句铺垫，烘托边塞的艰苦环境，后两句是抒情，歌颂征战戍边的将士们。

◎想一想，练一练：

1. 读这首诗，能看到怎样的边塞画卷？

2. 阅读这首诗，在诗歌最后两句蕴含着将士们怎样的情感？

三十九、南宋诗人雷震:《村晚》

雷震，南宋诗人，生平不详。一说是眉州（今四川眉山）人，宋宁宗嘉定年间进士。也有一种说法他是南昌（今江西南昌）人，宋度宗咸淳元年进士。

村晚

草满池塘水满陂，

山衔落日浸寒漪。

牧童归去横牛背，

短笛无腔信口吹。

◎ 这首诗有哪些难理解的词语？

陂:（bēi），池岸。

漪:水里的波纹。寒漪:带有凉意的水纹。

衔:口里含着。

浸:淹没。

腔:曲调。

信口:随口。

◎ 这首诗有什么内涵？

水草长满了池塘，池塘里的水漫上了塘岸。山好像衔着落日一样倒映在带着凉意的水面上。牧童横坐在牛背上回村子了，他手里拿着短笛，悠闲地随口吹着不成调的曲子。

◎ 如何欣赏这首诗？

读这首诗，仿佛看到了一幅傍晚村庄的图画。那池塘里的一汪碧水，堤岸上的青草，远处山衔落日，这日头倒映在水中，难道不是一幅美丽幽静的图画？再加上暮归的牧童和老牛，那牧童正在悠闲地吹奏着不成调的小曲，悠然自得，生机无限。在这幅图画中，人与自然是非常和谐的。

诗歌前两句描写了农村的晚景，池塘、山和落日，形成了美丽幽静的画面，也是牧童的背景。"满"字重复，写出了夏日的景物特点，而那随处可见的青草、池水，则象征着生机勃勃的生命力。第二句诗，"衔"写日落西山，非常有趣生动，那个"浸"字，也是别具特色地描写了落日在水中的影像。

后两句诗则描写了牧童横坐牛背，悠然自得，淳朴无邪，天真快乐。

结合整首诗看，这是一幅怡然自得、世外桃源般的景象。色彩，背景，动静，物与人都非常协调，带给人幽静美好，恬静悠远的感受。

◎想一想，练一练：

1.阅读这首诗，你看到了一幅怎样的图画？

2.谈一谈你看到的傍晚景色，用自己的话写一段描写傍晚景色的简短文字。

3.你还知道哪些描写乡村景色的诗歌，比较一下你最喜欢哪一首，为什么？

四十、杨万里诚心报国：《稚子弄冰》

"怎么，今日先生仍然不得空吗？"杨万里看着这位家丁失望地问，家人也很无奈："先生，先生今日的确有事……"

"罢了，杨某告辞了。"

这已经是第三次求见了，先生仍然不见。

这位吃了闭门羹的中年人是南宋诗人杨万里，而他求见的，便是南宋大名鼎鼎的主战派领袖张浚。张浚虽然曾经在富平之战中大败，但他后来训练新兵，任用了很多能人，积极谋求北伐。在秦桧和他的党羽权倾朝野的时候，张浚开始谪居。从绍兴八年（1138）开始，张浚就被贬谪到永州居住。

对于张浚而言，既然不被重用，已经贬官，闭门不出是最好的选择。

但杨万里一心报国，他心心念念地想求见心目中的大英雄张浚，向他请教北伐之计。虽然杨万里并没有什么权力，但也希望能够看清时局，在必要的时候能够为国效力。

可是张浚闭门谢客，该如何是好？

杨万里左思右想，还是给张浚写了一封信。他在信中诉说了自己的求学经历，以及对收复失地的热切盼望。

那天夜里，杨万里书房的灯光一直亮着。

夜深了，昏昏沉沉之际，杨万里脑海中却忽然灵光一闪。他不由得一拍脑袋："哎呀，我怎么把他忘了！真是糊涂至极！"

杨万里突然想起来的人到底是谁？他有什么本事能让杨万里见到张浚吗？

还真有。

这个人就是张栻。张栻是张浚的儿子，请他为杨万里做引荐，怎能见不到张浚呢？

于是，在张栻的引荐下，张浚读了杨万里的那封信函，才同意面见杨万里。

这次会面机会难得，杨万里将心中所想，内心疑惑全部倒出。关于时局和朝廷动向，主战派的困难，张浚为杨万里一一解惑，让他茅塞顿开。

张浚也为杨万里的诚心报国深深感动。他对杨万里说："元符年间的官员，腐败贪污的很多。只有邹浩、陈瓘刚正不阿。"临别的时候，张浚为杨万里题字："正心诚意。"

杨万里一生都没有忘记张浚的教导。他把自己的书斋命名为"诚斋"，以此表明自己的志向。他的诗歌自成一体，形成了对后世影响颇大的诗体诚斋体。

稚子弄冰

稚子金盆脱晓冰，

彩丝穿取当银钲。

敲成玉磬穿林响，

忽作玻璃碎地声。

◎这首诗有什么难理解的词语？

稚子：幼稚天真的孩子。

脱晓冰：指小孩子从结成坚冰的铜盆里挖冰。

钲：古代一种像锣的乐器。

磬：（qìng）古代打击乐器，样子像曲尺，用玉或石头制成，可以悬挂在墙壁上。

玻璃：指古代一种天然玉石，也叫水玉。和现在的玻璃含义不同。

◎这首诗讲了一个什么故事？

清晨，稚气未脱的小孩子，把夜里冻在铜盆里的冰块敲下来，用彩线串起来当作乐器银钲。孩子轻轻敲打，冰块发出穿林而过的响声。当大家正在欣赏时，忽然冰块落地，发出了水玉破碎的声音。

◎如何欣赏这首诗？

读这首诗，仿佛看到一个孩子在快乐地玩耍。

在滴水成冰的日子里，小孩子却大冷天去"弄冰"，从颜色看有"金盆""彩线"；从形状上看是"银钲"，这是古代一种乐器的形状；从声音上听，有"玉磬穿林响"的嘹亮，也有"玻璃碎地声"的清脆。

好一幅声色俱佳的"稚子弄冰"图!

这首诗形色兼具,声意俱美,读来令人赏心悦目。

孩子的天真可爱,跃然纸上。大冷天,孩子不会担忧天气寒冷,更不会为生计发愁,而是醉心于创造自己的玩具,自得其乐。孩子不但自得其乐,而且非常沉醉,以至于越来越激动,将自制的乐器敲碎了。

整首诗都是从孩子的心理出发,描写孩子的动作,诗人带着欣赏的目光。正是因为诗人如此欣赏孩子的稚气天真,全诗突出一个"稚"字,才能以老年人的眼光将这首诗写得生趣盎然。

◎想一想,练一练:

1. 这首诗中的小朋友在玩什么游戏?

2. 阅读这首诗,你看到了什么画面?

3. 你在冬天会玩什么游戏?将自己的游戏和诗中小朋友的游戏比较一下。

四十一、王维高中京兆试解头:《鸟鸣涧》

开元七年(719),十七岁的王维来到长安,准备参加京兆试。据说,京兆试的第一名被称为"解头",王维虽然年少,但是才华出众,对此志在必得。

可是有一天,在众多考生中流传着这样一则消息,让王维心神不宁。据说,考生张九皋已经拜托了太平公主。太平公主早已发话,主考官唯命是从，今年的解头非张九皋莫属。

王维听到这个消息，只觉得心里空落落的。自己长久以来的努力和奋斗就这样，落空了？

这天岐王（唐玄宗李隆基的弟弟，本名李隆范，后为避李隆基的名讳改为李范）派人来请王维赴宴。在宴席上，王维沉默寡言。岐王很是奇怪。平时王维言辞锐利，博学善谈，今天这是怎么了？在岐王的追问下，王维告诉了岐王事情起末。

岐王一听，也感到很难办。自己这个姑姑，平时就很倔强，而且很有权力欲。太平公主决定的事情，很少有人能够改变。但是岐王看着王维如此落寞，这样有才学的人就此失败，又感到非常同情。

他仔细想了半天，终于想了一个好办法。

岐王让王维将自己最满意的诗作用心抄写十首，然后练习一曲琵琶曲，务必是最新曲目，动人心魄。

五天后，王维来见岐王，表示一切准备妥当。岐王这才告诉王维，准备带着他去求见太平公主。马上就要出门了，岐王无意中看到，王维一身布衣，他不由得皱起了眉毛："哎，你穿成这样，那可不行。我那姑母最爱锦绣风华，俊秀才子，你这太朴素了！"

岐王马上命人取来锦袍给王维换上。

这回再看王维，果然玉树临风，气质超群。

不出所料，太平公主注意到了风采绝伦的王维。她问岐王："这是什么人？"岐王故作神秘地一笑回答道："他？他可是知音。"

岐王命人取来琵琶，请王维弹奏。王维也不推辞，大大方方，一挥而就。凄婉的琵琶声令闻者为之伤心。

太平公主听完之后询问王维，这是什么曲子？

王维回答说:"这曲子名叫《郁轮袍》。"

太平公主听了赞不绝口。

岐王赶紧对太平公主说:"姑母不知,这位就是年少有为的诗人王维。他不但擅长作诗,弹奏琵琶,还精通绘画。王维的文章、诗作,恐怕现在无人能及。"

太平公主更加惊讶了,于是询问王维都写了哪些诗?王维献上自己的诗篇,太平公主一看,这不就是长安城里流行的诗歌吗?自己还以为是古人所作,没想到居然是这个年轻人的杰作。

岐王又推荐说:"过几日就是京兆试了,王维假如中了解头,那才是人人交口称赞!可惜,他没有这个运气啊!"

太平公主很是奇怪:"为什么不让王维去考呢?"

岐王摇摇头说:"王维没人推荐,所以不愿意去参加考试。对了,姑母,我听说您不是已经推荐张九皋为解头了吗?"

太平公主恍然大悟笑道:"哎,我不过是受人之托罢了。既然如此,王维,你可以大胆前去应试。这次考试的解头,非你莫属,我会为你助力。"

王维赶紧起身道谢。

这次京兆试结束,王维果然高中解头,一举登第。

鸟鸣涧

人闲桂花落,

夜静春山空。

月出惊山鸟,

时鸣春涧中。

◎这首诗有哪些难理解的词语？

鸟鸣涧：鸟儿在山涧中鸣叫。

人闲：没有人事活动的干扰。闲：安静，悠闲。

春山：春日的山。

空：空空荡荡，这里形容山中寂静无声，好像空无所有。

时鸣：偶尔鸣叫。时：偶然，偶尔。

◎这首诗描写了什么景象？

山谷中很少有人，只有桂花默默飘落。夜里静悄悄的，春日的山谷显得更加寂静如空。

明月升起，月光惊动了山中的鸟儿，鸟儿不时在这春天的山涧中鸣叫。

◎如何欣赏这首诗？

这是一幅非常美好的春夜山谷图，完全具有王维诗歌"诗中有画"的特点。

桂花的花朵非常小，为什么诗人能感受到桂花在悄悄落下呢？这就是"闲"字的妙处。因为"人闲"，诗人身边没有干扰，内心宁静，所以才能察觉到如此细小的桂花"落"了下来。诗人的内心安静，和山谷的春夜宁静气氛浑然一体。

当诗人为春山陶醉时，才能观察到，月光的明亮，居然惊动了山鸟，让它们不时飞起，在山谷中鸣叫。这种鸣叫，是月夜下鸟儿对月光的回应，观看者面对这样一幅图画，无疑是欣赏的。然而变换角度，观看者何尝不是这幅图画中的一个人？

这样宁静的氛围，美丽的夜色，虽然寂静无声，只是偶尔有鸟鸣，却渲染出宁静的氛围，这背后其实是盛唐时期社会的安定，百姓生活的安宁。

王维山水诗中常见的静谧氛围，在这首诗里表现得非常充分，花落，月出，鸟鸣，衬托的都是春涧的幽静，动静结合，是一幅非常高明的山水画。

◎想一想，练一练

1.这首诗中描写了哪些景色？

2.这样的景色给你一种怎样的体会？

3.这首诗可以用"美"和"静"来表示，你还知道哪些和月亮有关的古诗？朗诵这些诗句，体会不一样的思想情感。

四十二、法家思想集大成者韩非子:《自相矛盾》

◎韩非子的故事

韩非子是韩国宗室子弟。他从小就喜欢读书。儒家经典，齐相管子的著作，还有兵书等等，他都很喜欢看。

但是韩非子成年后，再也没有心情读书了。不是他不喜欢读书了，而是韩国陷入危险之中。秦国大将白起一下子夺去了韩国五十座城池，韩国人心惶惶。很快，韩非子听说，韩国上党郡投降了赵国。

整个国家陷入危机之中，韩非子决心报效国家。他写了很多奏章，上书朝廷。但是都没有回音。

韩非子伤心失望。他听说儒家代表人物荀子在楚国担任兰陵令。于是韩非子来到楚国，拜荀子为老师，学习"帝王之术"。后来当了秦国相国的李斯，是他的同学。

因为一个偶然的机会，秦王读到了韩非子的书，非常欣赏。这是人才呀！秦王连忙派人请韩非子来秦国。但没有人知道，韩王曾经暗中召见韩非子，要求他趁机削弱秦国实力。也就是当韩国在秦国的卧底！

韩非子来到秦国，果然受到秦王重用。但没想到，李斯出于嫉妒，在秦王面前说了很多韩非子的坏话，说韩非子内心是向着韩国的，来秦国是搞阴谋诡计。秦王把韩非子关进了监狱，李斯趁机派人毒死了韩非子。后来，秦王后悔了，派人赦免韩非子，但韩非子已经死了。

韩非子是战国末年法家思想集大成者。他著有《孤愤》《五蠹》《说林》《说难》等著作。韩非子在著作中宣扬了法、术、势相结合的理论，达到了先秦法家理论的高峰，也成为后来秦始皇统一六国的理论武器。这些主张，成为中国封建社会时期君主专制的理论依据。

在韩非子的文章中，有三百到四百多则寓言故事，比较著名的有"自相矛盾""守株待兔""滥竽充数""老马识途"等。这些寓言故事听起来非常生动有趣，但又饱含哲理，实现了深刻的思想性和艺术性的完美结合。这些寓言故事一直流传到今天，成为我们中华民族的宝贵财富。

自相矛盾

——《韩非子·难一》

楚人$^{(1)}$有鬻$^{(2)}$盾与矛者，誉之$^{(3)}$曰："吾$^{(4)}$盾之坚$^{(5)}$，物莫能陷$^{(6)}$也。"又誉其矛曰："吾矛之利$^{(7)}$，于物无不$^{(8)}$陷也。"或$^{(9)}$曰："以$^{(10)}$子$^{(11)}$之矛，陷子之盾，何如？"其人弗$^{(12)}$能应$^{(13)}$也。夫$^{(14)}$不可陷之盾与无不陷之矛，不可同世而立。

◎这篇古文有哪些难理解的词语?

1. 楚人:楚国人。

2. 鬻:(yù),出售

3. 誉之:夸赞(他的)盾。誉:称赞,这里指吹嘘,夸耀。

4. 吾:我。

5. 坚:坚硬。

6. 陷:刺破。

7. 利:锋利。

8. 无不:没有不。

9. 或:有人。

10. 以:用。

11. 子:你的。

12. 弗:不能。

13. 应:回答。

14. 夫:句首发语词,那。

◎这篇古文讲了一个什么故事?

楚国有个卖矛又卖盾的人。他夸耀自己的盾说:"我的盾非常坚固,无论什么东西都不能刺破它。"他又夸耀自己的矛说:"我的矛非常锐利,刺任何东西都能刺穿。"有人问他:"如果用你的矛去刺你的盾,会怎样呢?"那个人没办法回答。因为那什么矛都不能刺破的盾和什么盾都能刺穿的矛,是不可能同时出现的。

◎读这篇古文,你有什么感受?

这篇古文讲了楚人在卖自己的矛和盾的时候,夸大其词,说自己的矛是最锐利的，什么盾都能刺穿；又说自己的盾是最坚硬的，什么东西都不能刺穿它。有人问他，用你的矛刺你的盾会如何？楚人张口结舌，没法回答了。

这是因为楚人说话没有逻辑，不实事求是，结果出现了"自相矛盾"的结果。

这篇古文教育我们说话要实事求是，不能夸大其词。

◎想一想，练一练：

1. 楚人如何叫卖？你知道了什么？

2. 楚人为什么无法回答旁人的问话？

3. 谈谈你对成语"自相矛盾"的理解，你觉得这个成语在什么情况下可以使用？生活中，你遇到过"自相矛盾"的时候吗？

四十三、笔记小说代表作《世说新语》:《杨氏之子》

《世说新语》从内容上分为"言语""德行""政事""文学""方正"等三十六类，一共一千二百多篇故事。这些故事长短不一，有的只有短短几行，有的只有三言两语，却传神记录了东汉后期到魏晋时期名士的故事，体现了名士的个性。不过，其中很多故事都是出于传说，并不符合史实。

《世说新语》中出现的人物有1500多个，魏晋时期的主要人物，比如帝王将相、隐士僧侣、文人墨客等，无所不包。这些人物都各有特点，而且通过个性化的语言和行动，将人物性格塑造得活灵活现。

在很短的篇幅内，创作出这么多的个性人物，并由此产生了许多流传至现代的成语，如难兄难弟、拾人牙慧、咄咄怪事、一往情深等，令《世说新语》具有很高的文学价值。《世说新语》中的人物、典故很多都为后人不断引用，尤其对后来的小说发展影响很大。

鲁迅先生曾经这样称赞《世说新语》:"记言则玄远冷隽，记行则高简瑰奇。"

杨氏之子

梁国杨氏子九岁，甚聪惠[(1)]。孔君平[(2)]诣[(3)]其父，父不在，乃[(4)]呼儿出。为设[(5)]果，果有杨梅。孔指以示[(6)]儿曰:"此是君[(7)]家果。"儿应声答曰:"未闻[(8)]孔雀是夫子[(9)]家禽。"

◎这篇古文有哪些难理解的词语?

1. 惠:同"慧"。

2. 孔君平:名孔坦，字君平，担任过廷尉，人称孔廷尉。

3. 诣:拜访。

4. 乃:于是，就。

5. 设:摆放，摆设。

6. 示:给……看。

7. 君:你。古代对对方的尊称。

8. 闻:听说。

9. 夫子:古代对男子的尊称，此处指孔君平。

◎这篇古文讲了什么故事?

梁国姓杨的家里有个九岁的儿子，非常聪明。有一天，孔君平来拜见他父亲，刚好他父亲不在家，孔君平就叫这个孩子出来。孩子给孔君平端出来水果，水果里面有杨梅。孔君平指着杨梅给孩子看，说："这是你家的水果。"孩子马上回答："我可没听说过孔雀是先生您家的鸟。"

◎如何欣赏这篇古文？

　　这篇古文讲了一个孩子机智幽默地应对大人玩笑的故事。从文章中可以看出，这个孩子很有礼貌，父亲不在家，他端出水果招待父亲的朋友。

　　当朋友用杨梅逗孩子，说这是你家的水果呀！孩子很有礼貌，聪明而能言善辩，他说："没听说过孔雀是您家的鸟。"孩子顺着孔君平的思维逻辑，从"孔"姓想到了"孔雀"，而且他没有直接说，"孔雀是你家的鸟"，而是选择说："未闻孔雀是夫子家禽。"按照这个逻辑，那么杨梅自然也不是自家的水果了。就是这一转弯儿的思考，表现了孩子的礼貌。

　　孔君平无言以对，孩子的聪明、幽默表现得淋漓尽致。

◎想一想，练一练：

　　1.这篇古文中的孩子是一个怎样的孩子？你从哪些方面看出来的？

　　2.你喜欢孔君平说的话，还是喜欢这个孩子说的话，为什么？

四十四、苏轼智断扇子案：《六月二十七日望湖楼醉书·其一》

　　"这个苏轼，是不是过于眼中无人了？"王安石听说苏轼这几日都在痛诉新法的弊端，怒不可遏。因为有才华，年轻人就可以阻碍新法吗？想不到，保守也不只是年老人的特权。

王安石让御史谢景给苏轼送了一份"大礼"。

当时,苏轼的老师欧阳修因为和新党领袖王安石政见不合,被贬出京。眼下御史谢景的攻击,让苏轼明白,京城,再也不是自己当年能够畅所欲言的京城了。

熙宁四年(1071),苏轼自请出京,被任命为杭州通判。

苏轼这样做,其实是看到了京城新党和保守派斗争的激烈,为求避祸。很多朋友都劝他,要改一改脾气,再不能那么耿直了。

虽然苏轼只是杭州通判,没有实权,但是既然来到了杭州,他就尽一切可能为百姓造福。

由于杭州气候特殊,到了夏秋季节,不是大旱就是大涝。而且当地井口堵塞,钱塘湖的水质又类似海水,非常苦涩,百姓平时吃水都是个大难题。

杭州不是没有水井,但那六口井,还是唐朝时挖的,逐渐堵塞。以前也有官员进行过疏通,但都没有解决根本问题。

苏轼在考察实地情况后,作出了疏浚六井的决定。

要疏浚六井首先要了解井的构造,才能制订疏浚计划。为了寻找曾经疏通水井的老人,苏轼颇费精神。上天不负苦心人,苏轼终于找到一位参加过疏浚水井的老僧。老僧说,其实疏浚水井并不难,难的是,之前修建用的是毛竹,水一泡就会腐烂,再加上杂草泥沙,就逐渐堵塞了水井。如果疏浚水井,就必须用利器疏通井口,然后用瓦筒引水,加上石槽固定,就能保证水井的经久耐用。

不久,这项浩大的工程在苏轼主持下终于完成了,杭州百姓再也不因为吃水难而发愁了。

离开京城,为百姓做一些实事,这是苏轼最大的收获。

　　苏轼在杭州办案的地点并不在官府。他经常在寿星院办案，因为那里风景如画。苏轼办案并不死板，反而更有诗人的艺术风格。一次，一个绸缎商人状告一个扇子商人。扇子商人曾经从绸缎商人那里借了价值两万钱的绸缎做扇子，扇子商人居然不还钱。苏轼对这件事情进行了调查，原来这年夏天总下雨，天气凉爽。扇子卖不出去，扇子商人哪有钱还给绸缎商人呢？但是不还钱，绸缎商人也没办法经营下去啊！

　　苏轼想来想去，让扇子商人拿二十把扇子送到自己这里。这一天，苏轼在书房挥毫泼墨，在扇子商送来的扇子上画上了竹石梅花。有了苏轼的画，这些扇子一把最少卖一千钱。很快，扇子商人筹齐了欠款，顺利还钱。

　　这是苏轼对扇子商人的法外之情，也代表了一个文学家对民众的关心。

　　杭州水陆汇集，人口众多，经常发生疫病。因此苏轼只要找到一些被证明有效的药方，就立刻公布于众。后来，苏轼还从公款中拨出两千缗，自己捐献了五十两黄金，在杭州兴办了名为"安乐坊"的医院。两年间，安乐坊救治了上千名病人。苏轼离开杭州后，安乐坊迁到了西湖边，改名为安济坊，依然在治病救人。

　　苏轼在杭州还创作了很多优秀的诗歌。熙宁五年（1073）六月二十七日，苏轼去西湖游览。饱览湖光山色后，他来到望湖楼喝酒，创作了七言绝句《六月二十七日望湖楼醉书五首》。

六月二十七日望湖楼醉书·其一

——苏轼

黑云翻墨未遮山，

白雨跳珠乱入船。

卷地风来忽吹散，

望湖楼下水如天。

◎ 这首诗有哪些难理解的词语?

　　望湖楼:古代建筑,又名看经楼,在杭州西湖畔。

　　醉书:喝醉时写下的作品。

　　翻墨:打翻的黑墨水,形容云层黑。

　　遮:遮盖,遮挡。

　　白雨:夏天出现的大雨,在湖光山色衬托下显得白而透明。

　　跳珠:跳动的水珠,形容雨点又大又没有秩序。

　　卷地风来:指狂风大作,席地卷来。

　　水如天:形容湖面像天空一样开阔平静。

◎ 这首诗有什么内涵?

　　黑云翻滚,像打翻了的墨水,并没有把大山全部遮住。大雨好像珍珠乱跳,打入小船。一阵狂风大作,席地卷来,将暴雨都吹散了。从望湖楼下望去,只见水面开阔,如同青天一样平静。

◎ 如何欣赏这首诗?

　　这首诗写的是诗人游览西湖时所见所感。诗人将一场西湖风雨描写得绘声绘色,如在眼前。

　　诗句刚开始,诗人正在眺望西湖美景,却忽然看到天色变了,那滚滚黑云如同打翻了的墨水,远处只露出了山的一角。这是诗人远远看到的景色。紧跟着,这片黑云来到湖面上,雨水落下,于是"白雨跳珠乱入船"。这是诗人形容雨下得很大,而且急,所以才会"跳",才会"乱"。这就好像老天爷把珍珠从天上倒了下来。可以想象,当时一定还有噼里啪啦的雨水敲击船板的声音。

正当人们惊慌失措的时候，风来了，这一阵疾风，顷刻便至，吹散了这场大雨，所以说"卷地风来忽吹散"。这时候诗人凭栏而望，但见"望湖楼下水如天。"诗人看到了雨后的西湖，如同远处青天，辽阔碧蓝，天水相接，碧波如镜。

这首诗中诗人几次变换了观察的角度，开始是在船上，最后一句诗是在楼上。他看到黑云、白雨、卷地风、水、天。这些观察细致入微，描写有远有近，有动有静，有声有色，有景有情，是一幅生动的"西湖急雨图"。

诗人写"醉书"，其实是沉醉于西湖美景，并非大醉，而是面对美景，自斟自饮，在小酌微醺的状态下创作的这首诗。

◎想一想，练一练：

1.这首诗中的"醉"是什么意思？

2.诗人描写的这场雨有什么特点？你从哪些词语看出来这一特点？

3.用自己的话描述一段你见到的下雨场景，和这首诗相比较，看看学到了哪些写景的方法？

四十五、朱熹拜会郑樵：《春日》

"先生，前面就是草堂了。"书童禀告朱熹道。朱熹听说就要到史学家郑樵的草堂了，立刻下马，前去拜会。

郑樵非常有礼貌地迎接朱熹主仆进门，然后拿出一碟姜和一碟盐招待客人。书童心想，郑先生是有名的大学问家，这样待客也太抠门了！书童不由得撇了撇嘴。朱熹急忙朝书童使个眼色，不许他如此无礼。

朱熹拿出手稿，态度十分恭敬地送到郑樵面前说："久闻先生大名，朱某仰慕已久。如今幸好有去同安县公干的机会，得以拜会先生，荣幸之至。这是朱某拙文，请先生过目。"

郑樵恭恭敬敬地接过朱熹的手稿，却没有看，而是放到了桌子上。郑樵点燃了一支香，顿时屋子里香烟袅袅，芳香扑鼻。正好一阵风吹进了屋子。这风好像识字一样，将放在桌子上的手稿翻了一页又一页。

郑樵好像如痴如醉，站在原地，一动也不动。

过了好半天，郑樵才回过神来，将手稿还给了朱熹。

书童开始瞪大了双眼，觉得很神奇，后面又想，这郑先生还挺会故弄玄虚的！于是书童的神情充满了不屑。

这天晚上，朱熹和郑樵秉烛夜谈，一直谈了三天三夜。郑樵是宋代著名史学家，朱熹从这次会谈收获良多。

在告辞的时候，为了表示对郑樵的感谢，朱熹特地写了一副对联赠送给郑樵："云礽会梧竹，山斗盛文章。"

走在去同安县的路上，书童不满地对朱熹说："先生，这位郑先生也太抠门了，您是客人，他就用一碟子姜、一碟子盐招待您！"

朱熹却笑道："哎，话不能这么说。你想，姜长在山里，盐来自海中，这两碟子菜可是有山有海，那可是厚礼啊！"

书童撇撇嘴说："您可真会联系！您把那么珍贵的手稿给郑先生看，他可倒好，连看都没看！"

朱熹正色道："不许这么说郑先生。那时候他点燃香，就是对我最大的尊重。而且风吹动手稿，他已经在看了。后来，他还给我提了不少意见，我从中学到了很多。"

书童继续小声嘟囔道："哎，我说先生，您远道而来，可是走的时候人家连送都没送！"

朱熹无奈道："郑先生送到草堂门口，就已经是尽礼了。郑先生研究历史，每一刻光阴都很宝贵啊！"

这时，忽然从朱熹面前飞过了一只五彩斑斓的鸟。两个人不由得回头去看那只鸟，却见郑樵还站在门口，手里还拿着一本书。

朱熹感慨地说："你看，郑先生还在门口呢。送客不忘读书，郑先生不愧是贤人！"

春日

胜日寻芳泗水滨，

无边光景一时新。

等闲识得东风面，

万紫千红总是春。

◎这首诗有哪些难理解的词语？

胜日：原指节日或亲朋好友聚会的日子，这里指晴日。

寻芳：游春。

泗水：河流名，在山东省。

滨：水边。

光景：风光风景。

新：指春回大地，万象更新，也指诗人春游耳目一新。

等闲：随便，轻易。

东风面:借指春天。东风:春风。

◎ 这首诗有什么含义?

晴朗的天气在泗水滨游览,风景无边无际令人耳目一新。轻易就能看出春的面容,万紫千红,这里到处都是百花盛开的春天景象。

◎ 如何欣赏这首诗?

这首诗从表面上看是一首游春诗。

首句:"胜日寻芳泗水滨",我们可以看到时间是"胜日",地点在"泗水滨",目的是"寻芳",这一句说明了诗人兴趣盎然,前去踏春。那么,他看到了什么呢?"无边光景一时新",这是诗人初步观看的景象。一个"新"字写出了春回大地、万物焕然一新的景象,同时写出了诗人看到春光明媚,耳目一新的欣喜感受。这一句是概括写对春日风景的感受。

要问诗人具体看到了什么?

"等闲识得东风面",这个"识"字正是对"寻"的回应,因为春风是最容易感受到的,所以"等闲识得"。春风一吹,再仔细去看,"万紫千红总是春"。这种色彩斑斓的意象,是对东风的一种呼应。

这首诗读来令人如沐春风,很好地刻画出了诗人在春日刚刚到来的时候对于大自然的美好感受。

不过,仔细考究,泗水之滨,在北宋狼狈南渡时,便已经被金国占领。然而朱熹并不在北方,是不可能在泗水滨春游的。朱熹之所以在诗歌中写"泗水滨",是追慕孔子。因为春秋时期,孔子曾经在此弦歌讲学,教授弟子。因此,诗人所说的"寻芳",别并非春游,而是寻求圣人之道。诗中所写的"无边光景",是在指空间极其广大,"东风"指的是教化,"万紫千红"比喻孔学的多姿多彩。朱熹在这首诗歌中,将孔子的圣人之道比喻成催生万物的东风。

　　春日寻芳，其实如同学海求知。知识会令人耳目一新，给人春风般的感受。

　　所以，这首诗其实是一首形象的哲理诗。只是这首哲理诗非常形象，看不出丝毫的说理痕迹，以致很多人将其误认为是游春诗。不过，这也正是诗人朱熹的高明之处。

◎想一想，练一练：

　　1.阅读这首诗，你看到了哪些春天的痕迹？

　　2.请用自己的话讲述一下这首诗的内容，并推测一下，诗人当时是怎样的心情？

　　3.这首诗也是劝告大家多读书的劝学诗。诗人将学海泛舟比喻成春日寻芳。对此，你有什么感受？

四十六、少年王安石的趣事：《书湖阴先生壁·其一》

　　王安石，字介甫，号半山，封荆国公，后人称为王荆公。王安石是北宋著名政治家、思想家、学者、诗人和文学家、改革家，被称为唐宋八大家之一。王安石出生在江南西路抚州临川县（今江西省福州市）。

　　小时候，他就非常聪慧。街坊里流传着很多关于他的有趣故事。

　　一年秋天，窗外秋风阵阵，飘起了毛毛细雨。父亲坐在家里，忽然想起邻居们总是夸奖王安石聪明，越想越高兴。父亲决定考一考王安石，看看这孩子到底有多聪明。

父亲对王安石说:"孩子,总听邻居夸你聪明,我可不相信。今天下雨,咱们做个游戏。我现在坐在这里,你要是能让我出去到院子里淋雨,那才是真聪明。我就服你了。"

王安石一听,愁眉苦脸道:"父亲,这可太难了。"忽然他一拍头,笑道:"这样吧,如果您到院子里去,我就能想办法,把您请到屋里来。您看这怎么样?"

父亲心想,这和自己的提议没什么区别,于是就起身到了院子里。

王安石等父亲去了院子里,就在屋里转起了圈儿。父亲在院子里看到他为此发愁,就决定等一等他。

可是父亲等了很久,也不见王安石来叫自己。

父亲淋得浑身湿淋淋的,忍不住喊着问王安石:"你想到主意没有?怎么这么久?"

王安石却哈哈大笑道:"父亲息怒,您这不是已经在院子里淋雨了吗?"

父亲一愣,然后哈哈大笑起来,说:"可以呀,你小子还真有两下子!"

王安石赶紧拉父亲进屋,说:"父亲快回屋里,小心淋雨生病。"

父亲笑着进了屋,王安石又笑道:"父亲,我又把您'请'到屋里来了!"

"啊?"父亲无奈地笑了。

还有一次,王安石去家旁边的面馆吃饭。面馆老板总是听人称赞王安石聪明,也想考考他。面馆老板让王安石自己去厨房端面吃,还说他面馆里的肉丝面真材实料,味道特别好。如果王安石能把肉丝面端到大堂,不洒一滴面汤,就免费送给他吃。

王安石明白,这是面馆老板在试探自己。

他点头答应，进了厨房一看，好家伙，满满的一碗面条，肉多汤多面多，根本没办法端着还能保证不洒一滴汤。

王安石心想，这不是洒一滴汤，这是要洒一地汤啊！他仔细想了想，走上前，用筷子挑起面条。哎，这下子，碗里的面一下子少了，王安石端着面条稳稳地走到了大堂，一点也没洒汤。

面馆老板和吃饭的人都为王安石的智慧叫好。王安石坐下，津津有味地吃起了这碗肉丝面。

书湖阴先生壁·其一

> 茅檐长扫净无苔，
>
> 花木成畦手自栽。
>
> 一水护田将绿绕，
>
> 两山排闼送青来。

◎这首诗有哪些难理解的词语？

书：书写，题写。

湖阴先生：名叫杨德逢，是王安石晚年居住在金陵（今江苏南京）紫金山时的邻居。湖阴先生是隐士。

茅檐：茅屋檐下，这里指庭院。

成畦：成垄成行。畦：经过修整的一块块的田地。

水：指玄武湖。

护田：指围绕护卫着园田。

山：指钟山，覆舟山。

排闼：开门。闼：小门。

150

◎这首诗有什么内涵?

茅草房的庭院因为经常打扫,所以干净得没有一点青苔。花草树木成行满畦,都是主人亲手栽种的。

庭院外,河水保护着农田,环绕着绿色的田地。两排青山好像推开两扇门送来一片翠绿。

◎如何欣赏这首诗?

这首诗是王安石赞美邻居湖阴先生的名作。

前两句,诗人描写了湖阴先生家庭院的清幽环境。"茅檐"这里代指庭院,一个"净",是通过"无苔"体现出来的。在潮湿多雨的江南,主人能够保持庭院洁净,没有青苔生长,可见主人家里时刻都是保持干净的。这是王安石炼字的功夫。他不用华丽的辞藻,总是用平凡的词语,表现深刻的内涵。

第二句,写了"花木"。这里的花木应该是非常繁盛、非常多的,所以才需要分畦种。这样,在我们的印象中,一个干净整洁,花木繁盛、清幽的环境就呈现在读者面前。这样的环境,特别能体现湖阴先生超凡脱俗的隐士生活。

后两句写到了屋外的景观,有河流、农田,有两座青山。在诗人看起来,这山水对于湖阴先生也是有情意的。所以河水会"护田","两山排闼送青来",这是一种拟人手法。河水护田,一个"护"字,一个"绕"字,好像慈爱的母亲怀抱着小孩子,充满情感。山水有情,这是化实为虚,诗意盎然。这两句也因此成为千古名句,为后人传颂。

◎想一想,练一练:

1.你对王安石有哪些了解?用自己的话谈一谈。

2. 这首诗中描写湖阴先生家中景色如何？

3. 后两句诗采用了什么修辞手法，这样写有什么好处？

四十七、贺知章金龟换酒：《回乡偶书二首·其一》

天宝元年（742），诗人李白来到长安。李白平生最爱热闹，但此时在长安却没有一个朋友，只能孤身一人住在长安的小客栈中。闲来无事，李白到一所著名的道观游玩。

名山大川中，一座道观傲然矗立。山间云雾缭绕，犹如有仙人出没。游览名山大川，得见如此道观，也是人间美事。

李白于是在这道观游览，无意中碰到了诗人贺知章。

贺知章，字季真，晚号"四明狂客"，是唐代诗人和书法家。贺知章早就读过李白的诗，深为欣赏，询问李白是否有新的诗作可以欣赏？

于是李白取出了新写的诗《蜀道难》。贺知章一口气读完，非常惊讶，深深为这首诗感动。贺知章对李白说："看来您就是天上下凡的诗仙啊！"

于是，贺知章和李白交谈起来，聊得非常开心。等到黄昏的时候，贺知章请李白去喝酒。贺知章和李白一样，都非常喜欢喝酒。杜甫的诗《饮中八仙歌》里第一个说的就是贺知章——

知章骑马似乘船，眼花落井水底眠。

说贺知章喝醉了以后，骑马好像坐船一样左右摇摆，眼花了掉到井里，就直接在井里睡着了。这当然是夸张的说法，但是在杜甫眼中，贺知章就是头号"酒仙"。

现在，酒仙贺知章请诗仙李白喝酒没带钱，这怎么行呢?

贺知章想了想，把腰里的金龟袋解下来当成酒钱递给了酒店老板。这金龟袋，是唐代三品以上官员才能佩戴的金饰龟袋，是身份和地位的象征。贺知章要用金龟袋当酒钱请李白喝酒，李白一看急忙阻拦，但贺知章执意如此。

于是两个人畅饮一场，尽兴而归。

后来，贺知章还向唐玄宗推荐李白，于是李白被任命为翰林待诏。

贺知章去世之后，李白想起当年贺知章金龟换酒的佳话，不由得黯然神伤，于是创作了诗歌《对酒忆贺监二首》。其中一首详细记载了当年贺知章金龟换酒的故事:

四明有狂客，风流贺季真。

长安一相见，呼我谪仙人。

昔好杯中物，翻为松下尘。

金龟换酒处，却忆泪沾巾。

回乡偶书二首·其一

少小离家老大回，

乡音无改鬓毛衰。

儿童相见不相识，

笑问客从何处来。

◎这首诗有哪些难理解的词语?

偶书: 随便写的诗。有所感受，就创作的诗歌。

乡音: 家乡的口音。

鬓毛: 额角边靠近耳朵的头发。

衰：减少。指头发稀疏变少。

相见：看见。

◎这首诗有什么内涵？

我少年时离开家乡，老年才回乡。虽然我的乡音未曾改变，但鬓角的头发却已经稀疏了。家乡的孩子们看到我，都不认识我。他们笑着问我，你是从哪里来的呢？

◎如何欣赏这首诗？

这是一首书写客居异乡，老年回乡颇带伤感的诗歌。第一句，概括写诗人多年客居他乡的事实，第二句用"鬓毛衰"承接了第一句，写自己此次回乡，已经是老年人了。但诗人"乡音未改"，这是对"鬓毛"的衬托，意思是虽然离乡已久，却从未忘记故乡，如同诗人不曾改变的乡音。我没有忘记故乡，那么故乡是否还记得我呢？

最后两句诗，写出了故乡儿童的"笑问"，孩子们是随意一问，但诗人却因此伤感了，自己如今衰老了，也被故乡人忘却了。虽然没有写诗人的回答，但可以想象诗人内心的悲伤。

诗歌中出现了三种对比：一是诗人少小离家和年老回乡对比，说明诗人离家的时间很久；二是通过诗人"乡音未改"和"鬓毛衰"对比，说明人事变迁；三是通过白发老人和天真烂漫的孩子对比，说明诗人回乡后感受的人世沧桑和内心的愉快。

这首诗写了诗人淡淡的思乡悲伤，全用白描手法，却用欢快的场面来表现，虽然是写自己，却用儿童们表现。孩子们的话也富于生活情趣，令人回味良久，感慨万分。

◎想一想，练一练

1.这首诗讲了一件什么事？

2.诗人离开家乡时间多久？从那些词语可以看出来？

3.诗人回到家乡心情如何？

4.诗人和儿童之间会有哪些对话？请朋友和你一起模拟一下当时的场景。

四十八、王维引荐孟浩然:《宿建德江》

唐玄宗开元十六年（728），一个风尘仆仆的中年人来长安城赶考。此人其貌不扬，脸上已经爬上了皱纹，却满腹才华。原来这个中年人就是唐代著名诗人孟浩然。

孟浩然虽然出身于书香门第，但是青年时就隐居鹿门山。在二十五岁到三十五岁时，孟浩然也曾经广交朋友，拜谒公卿贵族，谋求出仕之路。孟浩然心目中理想的出仕道路，是有人向皇帝推荐自己。但十年间，这件事情都没成功。

所以，孟浩然人到中年才不得不前往长安赶考。

这一年，孟浩然已经三十九岁了。

正是这一年在长安，孟浩然与诗人王维相识。王维少年得志，书画俱佳，而孟浩然也是著名的田园诗人。两个人一见如故，成为非常好的朋友，也是忘年交。

王维曾经为孟浩然画像。他也为好友孟浩然着急，怎么这样一个才华出众的人，就不能获得推荐呢？王维决定尽全力帮助孟浩然。王维少年时期来到长安，二十岁中进士。由于他惊才绝艳，音乐、绘画、诗歌都有很高的水平，成为歧王的座上客，也结交了一大批贵族朋友。

王维决定利用自己的朋友圈大力推荐孟浩然。

之后，王维举办了多次聚会，组织人们在聚会上吟诗作对，给孟浩然制造成名的机会。孟浩然也的确开始声名远播，就连宰相张九龄都对他非常看好。

然而，这样有才华的孟浩然，虽然在王维推荐下在长安名动公卿，但在这次进士考试中还是落榜了。

孟浩然苦恼不已，于是一天，他创作了一首诗《岁暮归南山》：

> 北阙休上书，南山归敝庐。
>
> 不才明主弃，多病故人疏。
>
> 白发催年老，青阳逼岁除。
>
> 永怀愁不寐，松月满床虚。

考试失利的孟浩然，甚至再次想到了归隐山林。他带着这首诗去找朋友王维。王维读了这首诗，觉得这首诗写得好，很同情孟浩然的遭遇。

这么有才华的诗人，居然连考试最后一名都没考上，这到底应该怪谁？

作为孟浩然的朋友，自己该如何帮他呢？

正巧，此时唐玄宗来到内署视察工作。

王维急忙前去迎接。曾经心心念念想要见皇帝一面的孟浩然，却惊慌失措，钻入床下。王维暗自叫苦，孟浩然真是糊涂，这是多好的机会！

然而回避不报是欺君之罪，王维只能禀告唐玄宗，孟浩然在此。

唐玄宗本来就欣赏文人才子，于是命令孟浩然出来见面。唐玄宗于是询问孟浩然："爱卿最近有什么新诗吗？"

孟浩然慌乱之下，居然背诵了刚刚给王维读过的那首诗。

孟浩然还没读完，唐玄宗听到"不才明主弃"时，就已经变了脸色。他挥手命令孟浩然停止朗诵，质问道："卿不来求仕，朕却从来没有抛弃卿，为什么要污蔑朕呢？"

唐玄宗愤怒离去，留下面面相觑的王维和孟浩然。

孟浩然明白自己仕途再无出路，于是给朋友王维留诗一首，返回了襄阳。从此纵情于山水之间，写下了很多脍炙人口的名诗。

宿建德江

移舟泊烟渚，

日暮客愁新。

野旷天低树，

江清月近人。

◎这首诗有哪些难理解的词语？

建德江：指新安江流经建德（在今天浙江省）西部的一段江水。

移舟：滑动小船。

泊：停船靠岸。

烟渚：指江水中雾气笼罩的小沙洲。

客：指作者自己。

野：原野。

旷：空旷远大。

◎这首诗有什么内涵？

把小船停靠在雾气笼罩的小沙洲，太阳快落下去了，客子心头涌上新的愁绪。野外空旷，天幕低垂，好像和树木连接在了一起。那清清的江水中，倒映在水中的月亮好像也在靠近人，和人亲近。

◎如何欣赏这首诗？

读这首诗，好像在欣赏一幅古风古韵的中国山水画。

第一句写小船傍晚停泊。一艘小船，停靠在水雾缭绕的小洲旁，带给人凄清、漂泊之感。第二句"日暮客愁新"，其实"日暮"对应了第一句，因为日暮，所以小船才需要停泊。诗人在这傍晚的小洲，内心产生了新的愁绪。

至于这愁绪是什么？思乡还是仕途不顺？想念亲人还是思念朋友？诗人没有去说。他放眼野外，看到了一片开阔、宏伟的景象：

"野旷天低树，江清月近人。"

这两句写出了自然界对于人的依恋，是野外独有的景色。唯有身处野外小船里的人，才能看到这样的景象。天幕低垂，好像比身边的树木还要低，月亮倒映在江水中的影子，好像在与人亲近。

可以想象，诗人在这样空旷壮观的自然景色中得到了安慰。他想到了宇宙的广阔宁静，内心的愁绪也停止了。

这首诗是一个旅人在野外小舟中露宿的心情流露，韵味天成，情感含蓄，却值得人细细品味。

◎想一想，练一练

1.用自己的话讲一讲这首诗的内涵是什么？

2.你觉得后两句诗体现了诗人怎样的思想情感？

3.你最喜欢这首诗的哪句？谈一谈你对这句诗的理解。

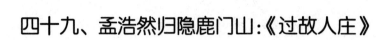

四十九、孟浩然归隐鹿门山：《过故人庄》

开元十六年（728），孟浩然科举考试落第后，又错失了在唐玄宗面前自荐的机会。他告别了朋友王维，重返襄阳，回到了年轻时曾经归隐过的圣地鹿门山。

鹿门山在襄阳市东津区，原名苏岭山。鹿门山周围的山峰层峦叠嶂，绿树成荫。这些山峰如同花环，将鹿门山环绕其中。鹿门山被文学家们称为"千古诗山"，普通香客则称其为"清净佛山"。

如果说青年时代孟浩然归隐鹿门山是为了苦读诗书，求取出仕，那么长安之行让孟浩然看到，自己出仕已然无望。这次归隐，孟浩然是全身心投入，对于世俗功名再无牵挂。

开元二十五年（737），当时有名的伯乐韩朝宗曾经约好了和孟浩然一起去长安。这位韩朝宗，就是李白曾经在文章《与韩荆州书》中的主角韩荆州。他曾经向朝廷推荐崔宗之、严武等人才。韩朝宗约孟浩然一起去长安，孟浩然却和朋友在家里喝酒。家人都催促他别喝了，但孟浩然不以为然，继续纵酒放歌。

其实，不是孟浩然不珍惜机会，而是他知道，有了唐玄宗上次面见的厌恶，自己要出仕已经毫无机会了。

孟浩然终此一生，徜徉于山水间，成为盛唐山水田园诗的代表诗人。

过故人庄

故人具鸡黍，邀我至田家。

绿树村边合，青山郭外斜。

开轩面场圃，把酒话桑麻。

待到重阳日，还来就菊花。

◎这首诗有哪些难理解的词语？

过：拜访。

故人庄：老朋友的田庄。

具：置办。

鸡黍：指农家招待客人的丰盛饮食。

合：环绕。

郭：古代城墙有两层，里面的是"城"，外面的是"郭"。这里指田庄的外墙。

轩：窗户。

场圃：打谷场。

把酒：端着酒杯，指饮酒。

话桑麻：闲谈农事。桑麻：桑和麻，泛指农事。

就菊花：饮菊花酒，即赏菊。就：靠近。

◎这首诗有什么内涵？

老朋友准备了丰盛的饭菜，邀请我到他的田庄做客。

碧绿的树林环绕着村庄，青山就在田庄外围隐隐横斜。

推开窗户面对着打谷场，我们一起喝酒，聊着种庄稼的农事。等到重阳节的时候，我还要来这里观赏菊花。

◎如何欣赏这首诗？

这首诗描写了恬静的田园风光。诗人用朴素的语言，如话家常，叙述了一次到朋友田庄拜访的过程。此诗感情真挚，是盛唐田园诗中的佳作。

第一、二句写诗人被邀请到朋友家田庄做客，第三、四句写田庄的环境：青山绿树环绕，如同一幅优美的田园山水画。这座小田庄与青山为伴，绿树掩映，环境清幽，别有天地。接下来，诗人写到了和朋友饮酒的场景："开轩面场圃，把酒话桑麻。"吃饭的时候把窗户打开，正对着打谷场，这样的宴客场面也是农家所特有的。空间开阔，凉风习习。两个老朋友一边喝酒，一般谈论种庄稼的话题。绿树、青山、村舍、场圃和桑麻融为一体，和谐统一，带给人美好自然的感受。

诗人为这样的场景陶醉吸引，所以约定重阳节还要再来做客。这些普通的生活场景，却在平淡的语言中，展现出农家的朴实。孟浩然在这首诗中展现了丝毫不费力的炼字艺术，洒脱自如。

◎想一想，练一练

1.诗人进入田庄，看到了怎样的景色？

2.诗人和朋友在田庄饮酒的场景是怎样的？

3.为什么诗人和故人约定，重阳节还要再来？这表达了诗人怎样的心情？

五十、辛弃疾和陈亮游览鹅湖:《西江月·夜行黄沙道中》

淳熙十五年(1188)冬天,大雪纷飞,户外一片银白。路上行人稀少。忽然有一人快马飞驰而来。这人眉毛和胡子都沾上了白雪,但丝毫不以为意。

他就是陈亮,不但是南宋词人,而且是一位力主抗金的爱国志士。在这寒冷的雪天外出,陈亮心里却暖融融的。

奔波万里只为国,好男儿志在四方,何惧风雪!

然而就在走到辛弃疾家门前的小河边时,这匹马怎么都不肯往前走了。或许是日夜兼程让马劳累,或许是漫天风雪让这座水中小河让马畏惧。总之,这匹马就是半步不肯向前。

陈亮心急如焚,谁知道这匹马越催越往回退。

三次之后,陈亮怒火中烧,干脆挥刀砍下马头,自己涉水而过。

这一幕,恰好让出门的辛弃疾看到,他内心感到无比震撼。辛弃疾急忙快步迎上前去,两位著名词人就此相识。这一交谈才发现,原来大家都是心念国家的人,两个人好像找到了另外一个自己,有说不完的话,成为真正的知己。这就是陈亮与辛弃疾结识的开始。

辛弃疾由于力主抗金,受到朝廷主和派的攻击。淳熙十一年(1184),辛弃疾因受弹劾而被贬官,回到上饶,开始中年之后的隐居生活。

辛弃疾把自己在上饶新建的家园带湖庄园命名为"稼轩",并且自号"稼轩居士"。

但辛弃疾报效国家的心从未改变。

又是一年冬天,陈亮再次拜访辛弃疾。一想到马上要见到辛弃疾,他就觉得浑身充满了力量,一点都感觉不到寒冷了。当时辛弃疾患病,听说知己陈亮前来,非常高兴。辛弃疾和陈亮一起游览鹅湖,畅谈国事。两个人一聊就聊了十天。

这次相聚被称为鹅湖之会。陈亮告辞后,辛弃疾觉得二人聊得意犹未尽,又追了出去。可惜天降大雪,辛弃疾没能追上陈亮。辛弃疾只能十分遗憾地在小村里喝了一夜酒,思念朋友陈亮。

后来,他们用同一词牌反复唱和,创作了许多佳作,成为词坛佳话。

西江月·夜行黄沙道中

明月别枝惊鹊,清风半夜鸣蝉。

稻花香里说丰年,听取蛙声一片。

七八个星天外,两三点雨山前。

旧时茅店社林边,路转溪头忽见。

◎这首词有哪些难理解的词语?

西江月:唐代教坊曲名,后来被用于词牌名。调名取自李白诗歌《苏台览古》中诗句:"只今惟有西江月,曾照吴王宫里人。"西江是长江别称,歌咏吴王和西施的故事。

别枝:斜枝。

茅店:茅草盖的村庄客店。

社林：土地庙附近的树林。社：土地庙。古代的社林是祭祀神的地方，所以叫社林。

见：同"现"，出现。

◎这首词有什么内涵？

天上的明月升上树梢，惊飞了在枝头栖息的喜鹊。清凉的晚风吹送来远处的蝉鸣。就在稻花香气中，人们谈论着丰收的好年景。耳边传来阵阵青蛙的叫声，好像在说着丰收年。

夜空中浮云飘动，星星时隐时现，山前下起了零星小雨。过去土地庙树林旁的小茅草屋还在吗？走过桥转过溪水的源头，茅店忽然出现在我的眼前。

◎如何欣赏这首词？

这首词读起来朗朗上口，明白如话，但是在平淡的叙述中，却隐藏着词人的用心良苦和深厚的情感。

前两句词，"明月别枝惊鹊，清风半夜鸣蝉"写到了风、月、鹊、蝉，我们知道这描写了月明星稀的夜晚景色。月光如水，但一定是非常澄澈明亮，所以才会惊到那枝头的喜鹊。正因为喜鹊被惊飞，所以才会有"别枝"的颤动，引来蝉的鸣叫。这种动中有静的写法，将半夜的"清风明月图"绘制得栩栩如生。

接下来，词人笔锋一转，写到了田野："稻花香里说丰年，听取蛙声一片。"从闻到稻花香，想到了即将到来的丰收，喜悦的心情溢于言表。辛弃疾没有写人们谈论了哪些话题，有什么表情，而是用蛙声来衬托这种氛围的热烈。读者好像能听到，青蛙也感受到了即将到来的丰收年景，正在稻田中咕咕呱呱的鸣唱，争着讨论丰年。这种侧面衬托，用蛙声"说"丰年，是辛弃疾的独创。

这是词的上阕，盛夏的图景如在眼前。

马上，转折出现了:"七八个星天外，两三点雨山前。"看起来这是远景，词人看到了天空和山前的雨，但是紧跟着，在不知不觉中，为了避雨，就看到了:"旧时茅店社林边，路转溪头忽见。"这种转折，也说明了词人沉浸在盛夏即将丰收的图景中而忘记了路途遥远，并且乐在其中的心情。

这首词没有用典，也没有华丽的辞藻，但是把盛夏季节丰收在望的图景描绘得活灵活现。辛弃疾用一种宁静的笔触，描写了热烈的夏日夜晚，仿佛是一幅淡淡的水墨画，充满了农家田园气息的夏日夜晚素描。

◎想一想，练一练:

1. 在词的上阕，你看到了什么图景? 喜鹊为什么吃惊飞走?

2. 是谁在"说丰年"? 从哪里看出即将到来的是"丰年"?

3. 词人在急于避雨的时候，心情如何?

五十一、商人吕不韦倡导编纂的文集《吕氏春秋》: 《伯牙鼓琴》

"大人，您看，这都是当前最有名的勇士。他们都是前来参加选拔的，希望成为您的门客。"

这位大人长着一双精明的眼睛。他那双眼睛一扫，便笑着说道:"承蒙各位对吕某的厚爱。不过，这次的门客，还是希望多一些文士。"

啊？文人？

那些彪形大汉好像吹破了气的气球，顿时无精打采。这是怎么了？当前正是秦国统一六国最紧要的关头，战场上打得你死我活。这吕大人要选拔文人？难道是希望文人能上沙场杀敌不成？

不过，并没有人敢表示异议。

谁都知道，这位吕大人，曾经在秦庄襄王为赵国人质的时候慧眼识英雄。他散尽家财，帮助大王回到秦国，还顺利即位。他的眼光，又岂是凡夫俗子看得透的？而且，秦庄襄王继位之后，吕大人又被任命为秦国丞相。那可真是一人之下，万人之上。

吕大人说要找文人当门客，谁敢反对？

吕不韦成为丞相后，对当时形势进行了深入分析。六国虽然一点点被削弱了，但是六国还有不少能人异士。特别是那被称为战国四公子的魏国信陵君魏无忌、楚国春申君黄歇、赵国平原君赵胜、齐国孟尝君田文。这四位礼贤下士，手下门客能人辈出。

秦国要胜利，就不能单靠打仗。在另一个战场上，秦国也必须拔得头筹！

这就是吕不韦招揽文人的初衷。

吕不韦招揽文士的消息传出后，很快他就汇集了三千门客。吕不韦决定，用手下的文士，完成自己的一个心愿——著书立说。

古代商人是不被国家重视的一群人。商人也没有才华去著书立说。现在好了，既然手下有这么多文人，那么先来做一件留名青史的大事吧！

吕不韦命令手下文人，将自己的所闻所见，甚至所想都写文章呈上来。好家伙，这可真是写什么的都有，士农工商，三教九流，天上地下，无所不包。吕不韦又命令文章高手对这些文章进行筛选、编纂。

这部书以"道家学说"为主干，汇聚了法家、儒家、农家、兵家、阴阳家等各家学说，汇聚诸子百家学说于一炉。这部书，成为战国末期杂家的代表作。全书一共十二纪、八览、六论。吕不韦认为，这部书包含了天地万物古往今来的事理，所以为这部书命名为《吕氏春秋》。

伯牙鼓琴

——《吕氏春秋·本味》

伯牙鼓⁽¹⁾琴，锺子期听⁽²⁾之。方鼓琴而志在太山⁽³⁾，锺子期曰："善哉⁽⁴⁾乎鼓琴，巍巍⁽⁵⁾乎若太山。"少选⁽⁶⁾之间而志在流水，锺子期又曰："善哉乎鼓琴，汤汤⁽⁷⁾乎若流水。"锺子期死，伯牙破琴绝弦，终身不复鼓琴，以为世无足复为鼓琴者。

◎这段古文有哪些难理解的词语？

（1）鼓：弹奏。

（2）听：倾听。

（3）太山：泛指大山，高山。一说指东岳泰山。

（4）善哉：好啊，太棒了。

（5）巍巍：高大。

（6）少选：一会儿，不久。

（7）汤汤：水流大而急的样子。

◎这段古文有什么内涵？

伯牙弹琴，钟子期听他弹琴。伯牙弹琴时心里想着高山，钟子期说："弹得太好了！好像那巍峨的泰山。"不一会儿，伯牙心里又想到流水，钟子期又说："弹得太好了，就像那奔腾不息的流水。"钟子期去世后，伯牙摔琴断弦，终身不再弹琴。因为他认为这世上再没人值得他为之弹琴了。

◎如何欣赏这段古文？

这段古文生动地讲述了伯牙和钟子期互为知音的故事。

在故事的开始，就描述了伯牙弹琴、钟子期听琴这一事件，作者并没有去描写伯牙弹琴弹得怎样，而是用钟子期的评价与伯牙的内心所想对应。当伯牙心想高山的时候，钟子期听到的琴声也是如同高山一般壮观；当伯牙心想流水的时候，钟子期听到的琴声也是如同流水一样潺潺。

这种对应，将伯牙高超的琴技和钟子期对伯牙琴声的了解表现得淋漓尽致。所以毫无疑问，伯牙和钟子期结为知音。

作者没有写两个人友谊如何，只是写道，钟子期去世后，伯牙摔断了琴，扯断了弦，再也不弹琴了。这种行动，从侧面写出了伯牙对于知音钟子期的敬重。所以当旁人问起伯牙为何如此时，他才会说，世上再没有人能值得自己为之弹琴。可见，钟子期在伯牙心目中，是唯一的知音。

这种来源于艺术又超脱了生死的知音，是最宝贵的友谊。虽然是很短的一篇古文，读起来却特别令人感动。

◎想一想，练一练：

1.这篇文章讲"知音"，你能围绕"知音"将故事分为两部分吗？

2.想象一下，在伯牙的琴声中，还会出现哪些景物？钟子期会如何形容他的感受？

3.钟子期去世了，伯牙的心情如何？你怎样看待伯牙摔琴这一行动？

五十二、范仲淹划粥割齑:《江上渔者》

天边泛出了鱼肚白，天快亮了。

一个瘦瘦的年轻人从寺庙僧房中走出来。他打来凉水，洗了个脸。冬天的冷风一吹，凉水一激，年轻人的面孔马上冻得红彤彤的。但是他却不以为然，反而精神十足。昨夜又苦读到半夜，如果没有用冷水洗脸，脑子里才不会清醒。

僧人们起床开始打扫庭院，年轻人跑到厨房，生火做饭。只见他非常熟练地煮了一盆稀粥，却并不吃，而是将这盆粥端到了院子里。热气腾腾的粥在冬天的寒风中，没一会儿就冻住了。年轻人自己却回到房间，不一会儿，屋子里传来了读书声。

这个年轻人，就是历史上著名的北宋文学家、政治家范仲淹。

范仲淹读完书，估计时间差不多了，把那盆冰冻的粥抱回房间。他用刀子小心翼翼地将这盆冻粥划成三块。这可是他一天的口粮，务必十分小心才是。

范仲淹取出那盆冻粥，就着一点韭菜花，再加上一点盐，津津有味地吃了起来。

这就是他今天上午的早饭。至于剩下的那两块冻粥，还好好放在盆子里，要等到下午才能吃。

为什么这么节约?

原来范仲淹出生第二年，父亲就不幸去世了。范仲淹的母亲为了抚养范仲淹，不得不带着他改嫁到了山东淄州长山县的朱姓人家，范仲淹也改名为朱说。

长大后，范仲淹为了激励自己努力求学，实现人生理想，特地到山上的醴泉寺读书。

青灯古佛，寂静山野，是范仲淹求学读书的好地方。他如此刻苦，在当地传为佳话。一天，范仲淹的同学石梅卿来看望范仲淹。他看到范仲淹生活得如此艰苦，心里非常难过。于是，石梅卿让家人送来酒菜，想要给范仲淹改善一下生活。可是没想到，范仲淹婉言谢绝了。他说："我习惯了每天划粥断齑，谢谢你的好意。可要是吃惯了好东西，就再也过不习惯苦日子了。反而不能实现我的理想。"

这话让石梅卿大为感动。

凭借着一心向学的精神，范仲淹日夜苦读，终于进士及第。他一心报国为民，曾经发起"庆历新政"，推行改革。他倡导的"先天下之忧而忧，后天下之乐而乐"，成为后代中国人民传承的理想，流传千古。

江上渔者

江上往来人，

但爱鲈鱼美。

君看一叶舟，

出没风波里。

◎这首诗有哪些难理解的词语？

渔者：捕鱼的人。

但：只。

爱：喜欢。

鲈鱼：头大口大，身体扁平，鱼鳞细小，味道鲜美。

君：你。

一叶舟：漂浮在水面上，如同树叶似的小船。

出没：若隐若现。

风波：波浪。

◎这首诗有什么内涵?

江上那些来来往往的人们，只喜欢鲈鱼的鲜美。

你看那渔人驾着小船，如同树叶在大风大浪里时隐时现。

◎如何欣赏这首诗?

这首诗朴实无华，但是读来却能感受到诗人对于渔人的关切。前两句写江面上人来人往，那些人都很喜欢鲈鱼的鲜美。

在后两句诗中，作者笔锋一转，写到了江面上的渔人：那些渔人，为了打到鲈鱼，驾驶小船，在风波中出没。渔人为什么要冒着生命危险去捕获鲈鱼?

诗人没有回答。

这需要读者去体味：食客为了鲈鱼鲜美的滋味蜂拥而来，渔人冒着生命危险捕鱼，却是为了生活下去。

吃鱼的人，和捕鱼的人，拥有多么不同的两种人生啊!

这种对比，这种隐含在诗句背后的深意，其实就是诗人对于普通劳动人民的亲切关怀。

◎想一想，练一练：

1. 看到江面上漂泊的小船，你想到了什么？

2. 阅读这首诗，你读懂了什么？

3. 假如你是正在品尝鲜美鲈鱼的人，你会对在江上捕鱼的渔人说些什么呢？

五十三、两袖清风于谦：《石灰吟》

于谦是明朝有名的清官，在百姓中间声望很高。

正统年间，有杨士奇、杨荣、杨溥三位大人主持内阁朝政，他们都很器重于谦。凡是于谦上奏的奏章，三位杨大人总会第一时间核实，用最快的速度落实。比如于谦早上的奏章，到了晚上，奏章就一定会获得批准。

三位杨大人去世后，太监王振把持朝政。王振一心想着扩张自己的势力，作威作福。朝廷大臣为了保住官位，纷纷对王振阿谀奉承，甚至奉送真金白银。但于谦是个例外。于谦每次进京奏事，从来不带任何礼品。有人好心地劝告于谦："现在可不是'三杨'执政的时候了，即便没有金银财宝，为什么不带点儿地方土特产送给执政的那人呢？"

于谦却甩甩袖子回答说："只有清风。"

于谦就是这样清正廉洁，从来不会对当权者阿谀奉承。王振对此记恨在心，于是指派通政使李锡诬告于谦，说于谦因长期得不到晋升而怀恨在心，擅自用别人代替自己工作。这桩诬告案背后有王振撑腰，于谦很快被抓到了大牢，还被判处了死刑。

王振满以为这次于谦死定了,谁知老百姓得知清官于谦被抓,群情激愤。老百姓联名上书,为于谦抱不平。

王振一看没办法,只能找个理由,说要抓的那个人和于谦同名同姓,并不是这个"于谦"。

于谦被放了出来,降为大理寺少卿。

后来,于谦又被囚禁到了山西。山西、河南两地的老百姓还有官员纷纷上访,大家跪在宫门前上书,证明于谦的清白。

最多的时候,为于谦鸣不平,要求于谦留任的人,有数千人之多。就连周王、晋王这些贵族也都为于谦进言。在大家齐心协力的证明下,于谦再次被任命为巡抚。

于谦上任第一件事,就是请求发放河南、怀庆两府积存的粮食救济灾民,又奏请朝廷发放给灾民生产资料。

在于谦的心目中,老百姓才是放在第一位的。

石灰吟

千锤万凿出深山,

烈火焚烧若等闲。

粉身碎骨浑不怕,

要留清白在人间。

◎这首诗有哪些难理解的词语?

石灰吟:赞颂石灰。吟:吟颂,是古代诗歌一种体裁。

千锤万击:指无数次的锤击开凿。千、万:虚词,形容很多次。

等闲:平常,轻松。

清白：指石灰洁白的颜色，比喻高尚的节操。

◎这首诗有什么内涵？

石灰经历了千锤万打才被从深山里开采出来，熊熊烈火焚烧，对它而言是非常平常的事情。

即便是粉身碎骨也不害怕，因为要留一身清白在这人世间。

◎如何欣赏这首诗？

阅读这首诗，令人深深为之感动。

诗人于谦，借描写石灰的开采，来表现自己不怕艰险，勇于面对困难，始终保持高尚节操的决心。

诗歌第一句，诗人用"千锤万击"形容开凿石灰的不容易，紧跟着用"烈火焚烧"，写石灰必须面对的考验过程。这些过程都是非常艰难困苦的。然而石灰面对这些严峻考验，却是"若等闲"。这里充满了乐观主义精神和诗人对石灰精神的赞叹。

第三句，"粉身碎骨浑不怕"，说明石灰做好了牺牲的准备。为什么具有如此大无畏精神？因为"要留清白在人间"。

这首诗用象征手法，表面上看是吟咏和赞颂石灰，实际上是以物喻人，是于谦对自己理想和人格的一种表白。联系于谦的人生故事来看，他的确做到了诗歌中说的那样："粉身碎骨浑不怕，要留清白在人间。"

这首诗风格豪迈，铿锵有力，读来令人深深为之感动。读者阅读这首诗，能够汲取到厚重的力量。

◎想一想，练一练：

1.查阅资料，了解石灰的制作过程，和诗歌对照，有什么共同点？

2. 如何理解"千锤万击"？为什么石灰经历千锤万击、烈火焚烧还不怕呢？

3. 通过这首诗，你感受到于谦是怎样一个人？

五十四、默默无闻叶绍翁:《游园不值》

信纸已经铺开，李颖士拿着毛笔的手却在颤抖。

他在给家里写信，做出了一个决定。跟随赵鼎坚持抗金，刑部侍郎李颖士不悔；坚持抗金得罪秦桧，李颖士不悔。他早就做好了最坏的打算。

但是家人们，尤其是年幼的孙儿，李颖士实在不忍心让他受到牵连。如今，自己面临人生最大的打击，家里人也该有所准备了。

现在，得罪秦桧并坚持抗金的忠勇大臣李颖士，必须做出这个最不愿意做出的决定。

不久，远在龙泉的李颖士因为受到秦桧打击，家道中落。而最让李颖士牵挂的小孙子，也改嗣龙泉叶氏，改名为叶绍翁。

叶绍翁，字嗣宗，他曾经在南宋朝廷当过小官。或许是受祖父影响，叶绍翁长期隐居在西湖旁。他的诗歌语言清新自然，意境高雅，是江湖诗派的风格。

叶绍翁的著作《四朝闻见录》是一部宋代文言轶事小说，因记录了南宋高宗、孝宗、光宗、宁宗四朝轶事而得名，共五卷。此书记载了朝廷大政，具有较高的史料价值，一向为研究南宋史者所重视。由于写得非常好，被收入《四库全书》。

游园不值

应怜屐齿印苍苔,

小扣柴扉久不开。

春色满园关不住,

一支红杏出墙来。

◎这首诗有哪些难理解的词语?

不值:没得到机会。

应怜:大概是感到心疼吧。应:表示猜测。怜:怜惜。

屐齿:屐是木鞋,鞋底前后都有高跟,所以叫屐齿。

小扣:轻轻敲门。

柴扉:用木柴、树枝制作的门。

◎这首诗有什么内涵?

可能是园子主人担心我木屐的屐齿踩坏了他心爱的青苔,我轻轻地敲门,却久久没有人开门。可是这满园春色是关不住的,你看,那一支盛开的红杏已经伸出了墙头。

◎如何欣赏这首诗?

这首诗描写了诗人在早春时节游园却不得进入的一次经历。诗中写看到了青苔,可见这园子是非常偏僻的,也少有人在。诗人多次敲门,主人也没来开门,可见主人并不在家。

但最妙的是,诗人从那伸出园外的一枝红杏,看到了春意盎然,并且领略到热闹的春光。

这首诗抓住了春天景色的特点，而且有以少见多的特点。一枝红杏，其实就可以看出满园春色，春天已经到来了。并且，"满园春色关不住"，诗人赋予了春天蓬勃的生命力，春天是关不住的，这也预示着，新生事物一定会冲破束缚，冲破困境，脱颖而出。

可以说，这首诗是从寂静中写出了热闹，写出了繁华，给人出人意料之感。

◎想一想，练一练：

1.为什么诗人小扣柴扉，却没人开门？你从哪些词语发现的？

2.诗人没有进入园子，他如何知道园中已经是满园春色呢？

3.想象一下，园中有哪些景物？

五十五、"六分半书"郑板桥:《竹石》

郑燮，字克柔，号板桥。郑板桥是清代"扬州八怪"之一，他对于书法、绘画有特殊的爱好。人们称赞郑板桥的书法是"六分半书"，也就是常说的"乱石铺街体"，非常具有特点。

郑板桥是怎么练成这样独特字体的呢？

据说郑板桥从小就很喜爱书法。开始时，他临摹名家书法。经过刻苦练习，郑板桥终于可以熟练写出各家字体，而且足能以假乱真。可是大家却并不欣赏郑板桥的字。

这到底是为什么？郑板桥百思不得其解。他想，一定是自己还不够刻苦。

于是，郑板桥更加努力地练习书法，甚至没有纸、笔的时候，就用手在身上或者地上划，模拟书法，如痴如醉。

夏天的一个晚上，庭院里凉风习习，郑板桥和妻子在院子里乘凉。他看着满天星斗，忽然又想起来书法，用手在身上写起来。写着写着，郑板桥更加入迷，用手在妻子身上画起了笔画。妻子生气地推开他的手说："你有你的体（身体），我有我的体，为什么不写自己的体，要写别人的体？"

这句话让郑板桥如遭雷击一般愣住了。

是呀，自己不断地学习别人的书法，模仿别人的书法，为什么就没想到创造自己独特的书法呢？

一直模仿别人，写得再多，哪里有自己的风格呢？

从此，郑板桥不再模仿别人，而是开始创造属于自己的书法。他的字融汇了隶书、篆书、草书和行书、楷书，他开始用画画的方式写字，终于练成了富有个性的"六分半书"，成为真正富有个性的书法家。

郑板桥成名后，有很多人向他求取书法作品。然而郑板桥个性非常正直，他特别厌恶那些贪官污吏和土豪劣绅。一次，一个当地有名的豪绅请郑板桥为自己写一个门匾。

郑板桥早就知道，这位豪绅一贯和那些贪官勾结，欺压百姓，本来是不想给这个豪绅写的。但是他忽然转念一想，何不趁此机会，让这位豪绅得到一个教训？

于是，他给豪绅题写了一个门匾"雅闻起敬"。

豪绅一看，这都是好词儿，非常高兴。

郑板桥私下找到制作门匾的工匠，嘱咐工匠，让他在油漆门匾的时候，只刷"雅、起、敬"的左半边，而"闻"字，只刷那个"门"字。

豪绅非常喜欢这个门匾,制作好了就急忙挂在大门上。

过了一段时间,日晒雨淋,那些没上过油漆的地方逐渐模糊了,而那些上了油漆的部分特别清晰。

从远处看这个门匾,哪里有"雅闻起敬"?明明是"牙门走苟"!

豪绅吃了个哑巴亏,有苦说不出。

竹石

咬定青山不放松,

立根原在破岩中。

千磨万击还坚劲,

任尔东西南北风。

◎这首诗有哪些难理解的词语?

咬定:咬紧。

立根:扎根。

破岩:裂开的山崖,指岩石的缝隙。

千磨万击:无数次的磨难和打击。千、万,虚指很多次。磨,磨炼。击,打击。

坚劲:坚强有力。

任:任凭。

尔:你。

◎这首诗有什么内涵?

紧紧咬住青山不放松,原来在山崖缝隙的深处扎根。

179

经历了无数次磨难与打击骨仍然坚劲，任凭你刮东西南北风。

◎如何欣赏这首诗？

这首诗是对生长在石缝中竹子的赞美，是郑板桥给自己画的竹石图题写的诗。

"咬定青山不放松"，开篇描写了翠竹艰苦的生活环境。翠竹不但长在石缝中，而且必须"咬定"才能生存。这说明，翠竹的生存环境十分恶劣，而且斗志昂扬，意志顽强。这个"咬"字将翠竹拟人化了，翠竹以一个斗士的形象出现在读者面前。

"立根原在破岩中"，第二句诗，说明了翠竹之所以能在石缝中生存的原因。这是因为翠竹深深扎根在岩石缝隙中。这也说明一个普遍的真理：脚踏实地，深深扎根，才能立于不败之地。

"千磨万击还坚劲，任尔东西南北风。"这后两句是动态的，风是对翠竹的考验，而且这考验是艰苦的。但虽然如此，翠竹也依然挺立，坚忍顽强。这是一种顽强的生命力和坚忍不拔的意志。

诗歌中的竹子，其实也是郑板桥人格的化身。郑板桥扎根民间，不忘老百姓，关注民生疾苦。他从来不会对上司阿谀奉承，也不会巴结豪绅。无论遭受怎样的挫折，他总是顽强不息。

郑板桥在《竹石》中倾注了深厚的情感，所以才创作了富有神韵的这首诗。

◎想一想，练一练：

1.竹子长在什么地方？竹子的生存环境有什么特点？

2.竹子会经受什么磨难？

3.你喜欢诗中的竹子吗？为什么？

五十六、王安石寻找生花妙笔:《泊船瓜洲》

少年王安石胸怀大志。为了实现自己的理想，他从家乡临川到宜黄鹿岗芗林书院求学。芗林书院的杜子野老师久负盛名。王安石在杜子野老师指导下，刻苦攻读，经常读书直到深夜。

一天，王安石阅读《开元天宝遗事》。在这本书中，他惊讶地发现，诗仙李白曾经梦见自己的笔头上长了一朵美丽的花，因此后来诗情纵横，写出了很多好诗。王安石于是拿着书去问杜子野老师，是不是人间真的有生花妙笔?

杜子野严肃地思考一番后，回答道:"这笔是有的! 据说有的笔头上会长花，有的笔头不会长。只是我们凡人肉眼凡胎，难以分辨。"

王安石本来对此事并不确定，但是老师这么说了，他也确信一定是这样。于是王安石说:"老师，您能给我一支生花妙笔吗?"

杜子野笑道:"没问题，当然可以!"

王安石充满希望地看着杜子野，只见他回到房间里翻箱倒柜。过了一会儿，杜子野抱着一大捆毛笔出来，对王安石说:"这一共是九百九十九支毛笔，其中有一支是生花妙笔，但究竟是哪一支，我也分不出来，还得靠你自己寻找。"

王安石恭恭敬敬地向杜子野行礼，请他指点自己如何才能找到那支生花妙笔。

杜子野沉思片刻说:"只能是你自己亲自试验。你一次用一支毛笔写文章，写秃了再换另外一支。一支接一支地写下去，一定能找到真正的生花妙笔！"

王安石带着毛笔回去了。从那天开始，他每天更加刻苦地读书，学习，写文章。杜子野送给他的毛笔一支接一支地被用秃了。终于有一天，王安石用到了最后一支毛笔。

这天深夜，王安石用这支笔写了一篇文章。这篇文章不但逻辑清晰，而且辞藻妥帖，读来如同行云流水。王安石兴奋极了，他大叫着："我终于找到了生花妙笔！"

后来，王安石就用这支笔继续学习，并且参加科举考试，接连传来捷报。他还用这支笔，写下了许多改革国家弊端的改革方案，领导北宋进行革新。

王安石作诗，对每一个字的使用都非常注重，一定要找到最合适的那个字。这也是人们所说的"炼字"。据说王安石在创作《泊船瓜洲》时，其中有一句"春风又绿江南岸"，最开始写的是"春风又到江南岸"。他读了几遍后，觉得不好，于是改为"春风又过江南岸"。他又读了几遍，还是觉得不好。于是王安石将"过"字改为"入"字。他反复诵读后，还是觉得不好。王安石又将"入"字改为"满"字。他一直改了十多个字，才确定下来，改为"绿"字。这句诗也因此成为千古传诵的名句。

正因为有这样的认真态度，所以王安石诗文俱佳，王安石也因此被后人列入"唐宋八大家"。北宋文坛领袖欧阳修曾经撰写诗歌称赞王安石：

> 翰林风月三千首，
>
> 吏部文章二百年。
>
> 老去自怜心尚在，
>
> 后来谁与子争先。

泊船瓜洲

京口瓜洲一水间,

钟山只隔数重山。

春风又绿江南岸,

明月何时照我还?

◎这首诗有哪些难理解的词语?

泊船:停船。泊(bó),停泊,指船停泊靠岸。

京口:古城名,在今江苏省镇江市。

一水间:指一水相隔之间。一水:一条河。

钟山:今天南京市紫金山。

绿:吹绿。

还:回。

◎这首诗有什么内涵?

站在瓜洲渡口,向南望去,京口和瓜洲只隔着一条长江。钟山隐没在几重山的后面。

春风和煦,又一次吹绿了江南的田野,明月什么时候才能照着我回到钟山下的家里?

◎如何欣赏这首诗?

题目"泊船瓜洲",说明了诗人是暂且停船在瓜洲,从瓜洲远眺的所思所想。第一句诗,"京口瓜洲一水间",诗人站在瓜洲看京口,觉得距离非常近,只隔着一条河。"一水间",说明距离很近。尤其是诗人停船靠岸,只要开船，随时就能到。

第二句诗："钟山只隔数重山"，是写诗人对于钟山的怀念。虽然钟山距离此地遥远，但是因为诗人心目中依恋钟山，所以觉得不过隔着几重山罢了。

第三句诗："春风又绿江南岸"，这是诗人看到了江南一片绿色，所思所想，诗人觉得这是春风带来的春意。其中的"绿"字，是诗人几经推敲炼字才选出的，写出了春风的特色，也暗示了诗人喜悦的心情。读到这个"绿"字，读者仿佛能看到伴随着徐徐春风的吹拂，两岸的山川一点点变成了绿色。这是一个无比生动的过程，带给人无限生机的感受。

第四句诗，"明月何时照我还"，在饱览春色之后，诗人内心依然怀念自己的故乡，怀念钟山。这句问话，其实是诗人在坚信，自己完成了使命后，一定会归隐钟山。

这首诗从写景，到写内心所思所想，用夸张的空间、时间，构成了有力的反差。尤其是后两句诗，成为千古传诵的佳句。

◎想一想，练一练：

1. 诗人泊船瓜洲，看到了怎样的景象？

2. "春风又绿江南岸"这句诗好在哪里？

3. 诗人在月光下眺望钟山，是要表达怎样的情感？

五十七、迫于生计却心怀天下的杜甫:《春夜喜雨》

考官恭恭敬敬地送上一沓卷子,这都是这次科举考试选拔出来的优秀答卷。当然,最终谁能拔得头筹,还得主考官决定。

主考官接下那些考卷,却连看都没看一眼,轻飘飘地说:"一个不选!"

一个不选?

考官眼睛瞪得如同铜铃,心想,这李大人,仗着皇上宠信,是不是太过了?主考官李林甫掏出早就写好的奏章,如何应对,他早就想好了。

唐玄宗看到这份奏章,不但没生气,反而很是赞赏,李林甫在奏章上说,"野无遗贤",天下的能人贤士都在为国家报效尽忠,并没有遗漏的,所以所有的人都人尽其才,这次考试无才可选!

旁边侍立的高力士在心里默默地叹了口气。唐玄宗是真心高兴,看来这位李大人,真把皇帝的心揣摩透了!也是,选不到人才,李大人不就少了竞争对手?可惜,不知道有多少学子要为这个结果而伤心呢!

杜甫在酒肆听着众考生怒骂李林甫,心里却一片悲凉,连骂都找不到词儿了。

杜甫虽然出身官宦世家,却家道中落。杜甫在长安十年,为了谋求出仕看尽了达官贵人的白眼,受尽了冷遇,甚至衣食不足。直到三十六岁,杜甫才获得了参加这次特科考试的机会。没想到,就因为李林甫一个人的野心和私心,杜甫竟然和这么多考生一同落榜!这奸臣李林甫,将会给国家、百姓造成多大的损失和危害!

很快，长安城发生了特大雨灾，粮价飞涨。为了生活下去，杜甫不得不将家人迁移到长安城北的奉先县居住。

仅仅唐肃宗乾元二年（759）一年，杜甫就搬了四次家。当时同谷县令给杜甫写信，说同谷县出产一种薯类，吃饱肚子没问题。可是，当杜甫到了同谷县之后才发现，在同谷县为了生活只能寻找"橡栗"。这橡栗味道苦涩，难以入口，杜甫为了寻找这样难吃的橡栗果腹，手脚都冻坏了。

安史之乱后，经过朋友帮助，杜甫一家终于逃到了四川。在浣花溪畔，朋友们帮忙给杜甫盖了一间草堂。杜甫一家终于安定下来，但草堂的生活也非常艰难。狂风暴雨大作之时，草堂到处漏雨，杜甫只能和家人找出家里所有的锅碗瓢盆接雨。

外面下大雨，家里下小雨。就这样，家里的床褥也被雨淋湿了。

杜甫在这样艰难的生活中，心里想，如果有一座又大又好的房子，让天下穷苦的读书人都住进去该有多好！假如这个理想能够实现，自己就是冻死也心甘情愿！

身处危难，却仍然心系天下，这就是"诗圣"杜甫的情怀。

春夜喜雨

好雨知时节，当春乃发生。

随风潜入夜，润物细无声。

野径云俱黑，江船火独明。

晓看红湿处，花重锦官城。

◎这首诗有哪些难理解的词语？

知：明白，知道。这是对雨的拟人写法。

发生:萌发生长。

潜:暗暗地,悄悄地。

润物:使自然万物受到雨水的滋养。

野径:田野里的小路。

晓:天亮的时候。

红湿处:雨水浸润的花丛。

花重(zhòng):花朵因为包含雨水显得沉重。

锦官城:在今成都市南,也叫锦城。由于三国时期蜀汉管理织锦的官员在这里驻扎而得名,后来成为成都的别称。

◎这首诗有什么内涵?

好雨好像知道该下雨的时节,正好下在春天万物萌发的时候。

春雨随着春风在夜里悄悄落下,悄无声息地滋润着大地万物。

在下雨的夜里,野外的小路和乌云都是黑压压的,只有江面小船上的灯火分外明亮。

天亮之后,去看带着雨水的娇媚红色花朵,整个锦官城都是沉甸甸的鲜花盛开的世界。

◎如何欣赏这首诗?

这首诗如同题目所示,描写的是春夜"喜"雨。

诗人将"春雨"拟人化,在开篇就写道,"好雨知时节",这个"知"字,写出了春雨的个性:正当春天,植物都需要春雨滋润才能得以生长的时候,春雨明白自然界对自己的需要,所以"知"时而发,自然这是"好雨"。

颔联中,"潜""润""细"写出了春雨的特点,说明春雨只是为了滋润万物,并不是为了讨好。所以才会"潜"入夜,无声地滋润万物。当人们夜里休息的时候，春雨就会无声地开始滋润万物。

"野径云俱黑，江船火独明。"在这样漆黑的夜里，春雨下得很大，天上的乌云黑压压的，地上的一片雨水也是黑漆漆的。只有江面上的小船，那一盏灯火是通红的。"黑"和"明"互相比较，带给人强烈的美感。这是春雨来临的夜晚所独有的景色。

最后一联是作者想象的场景，"晓看红湿处，花重锦官城"。到了明天天亮，万物滋润了一夜，再看锦官城，那些鲜艳的花朵都浸润了雨水，显得非常湿润、厚重，看起来沉甸甸的。这是诗人非常独特的发现和想象。

这首诗不但写了春雨，而且写活了夜里的春雨，非常切题。春雨滋润万物却不求所得的品质，也被这首诗展现得活灵活现、非常生动。

从这首诗，也能看出作者对于春雨滋润万物，带来万物生长的喜悦，以及对于即将到来的丰收场景的期待。

◎想一想，练一练：

1.诗人认为这场雨是怎样的春雨，具有怎样的品格？你从哪些词语看出来的？

2.春雨为什么要悄悄地来？

3.想一想，当诗人夜里发现春雨来临时，他会想到什么？

4.请你用一个字描写诗人的心情。

188

五十八、古代民歌总编《汉乐府》:《长歌行》

乐府收集编辑的是当时的民间音乐、演唱和演奏，叫汉乐府，是因为由汉朝乐府机关采集的诗歌。

这些民间的诗歌原本只在民间流传，经过乐府编辑保存后，汉代称为"歌诗"，魏晋时称为"乐府"或"汉乐府"。后来文人开始模仿这种形式来写诗，称为"乐府诗"。

乐府收集这些歌诗，最开始是在朝廷祭祀和宴会上演奏用，是跟随《诗经》《楚辞》之后产生的一种新的诗体。在汉乐府中，女性形象占有重要位置。这些古代女子性格鲜明，故事情节完整，读来感人至深。《陌上桑》和《孔雀东南飞》都是汉乐府民歌，也是我国古代最长的叙事诗。而《孔雀东南飞》和《木兰诗》被称为"乐府双璧"。

长歌行

青青园中葵，朝露待日晞。

阳春布德泽，万物生光辉。

常恐秋节至，焜黄华叶衰。

百川东到海，何时复西归？

少壮不努力，老大徒伤悲。

◎ 这首诗有哪些难理解的词语？

长歌行：汉乐府曲题，属于《相和歌·平调曲》，可以长声歌唱。行：一种文体。

葵：蔬菜名。古代人经常食用的一种蔬菜，有紫色和白色两种茎，大叶小花，花开紫黄色。

朝露：清晨的露珠。

晞（xī）：晒干。

布：布施，给予。

德泽：恩惠。

秋节：秋天。

焜黄：草木凋落枯黄的样子。

华：同"花"。

少壮：年轻力壮，指青少年时代。

老大：年老了。

徒：白白的。

◎ 这首诗具有什么内涵？

青青的菜园里葵叶青青，清晨的露珠马上要在日光照射下消失。

春光和煦，给大地带来恩惠和希望，大自然的万物都焕发出蓬勃生机。

经常会害怕肃杀的秋天来临，那时草木将要树叶枯黄花朵凋零。

时光好比奔腾东流入海的江河，什么时候能够向西返回呢？

少年时不及时努力，等到了年老了只能白白地悔恨自己的一生！

◎ 如何欣赏这首诗？

这首诗读来生动形象，却饱含哲理，特别富有内涵，带给人需要及时努力、奋发向上的动力。

这首诗从"园中葵"写起,是典型的"托物起兴"。"青青园中葵",带着早晨的露珠,充满生命力。阳光,雨露,春天,正是万物生长的最好时节。作者用这样的描写,衬托对青春的赞美。人的青春时期,就如同春天一样生机勃勃,充满活力。

然而到了秋天,所有的植物都成熟了,也面临着叶落花凋的结局。诗人写"恐",这透露出人对于大自然法则的无能为力。

从这里,诗人又联想到了时光,想到时光如同奔腾入海的千万条河流,那是无法从头再来,也无法回到过去的。时间,空间,都是不可逆转的。而人的生命,如同那生长在自然界的植物,从蓬勃的春天,一路走到了即将凋零枯黄的春天。

那么怎样的人生才是有意义的呢?

诗人的结论是:"少壮不努力,老大徒伤悲。"那就是在青春年少的时候为了实现理想而努力奋斗,这样老了才不会感叹年华易逝。如果年轻时不努力,那么在秋天收获的季节只能是两手空空,感叹、悲伤年华易逝罢了。

诗人用开始的"青青园中葵"来比喻人的青春,用大自然万物生长比喻人生的发展过程。当看到自然规律无法违背的时候,诗人提倡的是不要虚度人生,要努力奋斗,无愧青春。这是非常积极的态度。最后这句诗也成为千百年来人们传唱的经典诗句,激励着人们在青春少年时要为了理想而奋斗不息。

◎想一想,练一练:

1. 谈一谈你了解的汉乐府。

2. 你能找到这首诗中描写的事物,并概括它们的特点吗?

3.阅读这首乐府诗，带给你怎样的感受？联系你的生活实际，你准备怎么做？

五十九、杜甫在安史之乱：《闻官军收河南河北》

"什么？安禄山反了？"从客栈胖老板嘴里听说这句传言，杜甫一下子呆住了。为什么会这样？安禄山不是对大唐忠心耿耿吗？但很快，他就镇定下来，安慰惊慌失措的胖老板说："其实你也不必慌张。你看，我们大唐物华天宝，那贞观之治、开元盛世可不是虚的。这只不过是盛世里的一个小插曲罢了。安禄山谋反，我看他是自取其辱，很快就会被我大唐铁骑打垮的！"胖老板看着眼前这位客人，再听一听外面行人慌乱逃窜的脚步声，心乱如麻，一时之间也不知道该稳住还是该逃命是好。

杜甫真心觉得，大唐兵强马壮，安禄山一个胡人，岂是大唐的对手？安禄山造反，恐怕不是给大唐添堵，而是他自己活腻歪了吧！眼下，杜甫正在从长安到奉先的探亲路上。他刚刚升为右卫率府兵曹参军，仕途刚刚平顺，正是雄心百倍的时候。

在奉先，杜甫一直在等待官军平叛成功的消息。

可是半年多过去了，听到的都是坏消息。杜甫的心一点点沉了下去。直到那一天，杜甫得知安禄山逼近潼关的消息，他明白，自己之前对于这场叛乱，是误判了。

杜甫带领家人，从奉先到了天水避难。

就在一个月之后，长安陷落。

在那之前，唐玄宗仓皇西逃。

安禄山的目的马上就要达到了。

杜甫得知，太子李亨已经在灵武即位，号召天下义军，共同抗击安禄山。杜甫立刻打点行装，前往灵武大营。有一分力，出一分力。

然而谁都没想到，就在前往灵武的路上，杜甫居然被叛军捉获，押到了长安。

现如今的长安，再也不是那个世界上最为繁荣昌盛的帝国首都，到处是叛军的烧杀掳掠。人命轻如草芥。曾经的王公贵族，如今衣衫褴褛，如同乞丐。

杜甫心痛，更是心碎。

但是，他不甘心。终于，杜甫找到机会，逃出长安。一路艰辛，他终于来到唐肃宗的凤翔行在，被任命为左拾遗。虽然情况危急，但杜甫相信，大唐是不可战胜的。盛世，是每一个大唐子民最大的信念。

然而在关键性的战争——邺城之战中，尽管大唐投入了精锐部队，还是没有取得胜利。双方在相持中，打了个平手。

这次战争摧毁了杜甫的信心。他看到了普通老百姓在这次战争中的痛苦挣扎。他用手中笔，记录下了当时百姓的悲欢离合。"三吏""三别"就是其中的优秀代表。

闻官军收河南河北

剑外忽传收蓟北，初闻涕泪满衣裳。

却看妻子愁何在，漫卷诗书喜欲狂。

白日放歌须纵酒，青春做伴好还乡。

即从巴峡穿巫峡，便下襄阳向洛阳。

◎这首诗有哪些难以理解的词语？

闻：听说。

官军：指唐朝军队。

剑外：剑门关以南，指四川。

蓟北：泛指唐代幽州、蓟州一代，今河北省北部地区，是安史之乱叛军的根据地。

涕：眼泪。

却看：回头看。

妻子：妻子和孩子。

漫卷：胡乱卷起。

放歌：放声高歌。

须：应当。

纵酒：开怀痛饮。

青春：指春天美丽的景色。

做伴：和妻子、孩子一起。

巫峡：长江三峡之一。

便：下。

襄阳：今湖北省内。

洛阳：古代城市，今属河南。

◎这首诗有什么内涵？

剑门关外忽然传来官军收复了蓟北的消息，刚听说这事欢喜的眼泪就洒满了衣衫。

回头看看，妻子和孩子的愁云已经消散，随便胡乱卷起了书欣喜欲狂。

就在阳光灿烂的日子里纵情高歌，痛饮美酒，明媚的春光陪我返回故乡。

赶快启程从巴峡穿过巫峡，穿过了襄阳之后直奔洛阳。

◎如何欣赏这首诗？

读这首诗，能深切感受到诗人杜甫听说官军收复失地之后欣喜若狂，急切地回家的心情。

"忽传"，说明这个捷报来到的突然，这个突然到来的胜利消息让诗人惊喜万分。经历了太多的坎坷漂泊，忧国忧民的诗人终于看到了胜利的喜报。他的第一个反应是落泪，"涕泪满衣裳"，说明诗人情绪激动，想到了八年来漂泊动荡的生活，无法自抑。现在，喜报传来，最终的胜利就要到了。

落泪之后，诗人的情绪是"喜欲狂"，欢喜若狂，这种欢喜是最大的欢喜。他回头"却看妻子"，发现家人和自己一样，非常高兴，愁云四散。诗人激动之余，"漫卷诗书"，随便胡乱收拾一下书，此时也无心读书了，大家一起共享胜利的喜悦。诗人对于这场胜利是发自内心的欢喜，也无须遵循平时的生活规则，所以他"白日放歌须纵酒"，在大白天就开始唱歌喝酒。

接下来，诗人要回到阔别的家乡了。"青春做伴好还乡。"在春天里，伴着春光似锦，在鸟语花香中和家人一起返回故乡。这是多么美好的事情！

所以诗人被胜利和喜悦鼓舞，内心充满了对返乡的期待：最后一联，包含四个地名："即从巴峡穿巫峡，便下襄阳向洛阳。"这地名代表了诗人返乡心情的急切，这里面有想象，也有诗人实地经历过的实际景物：巴峡到巫峡，江面狭窄，小船在峡谷中穿梭，所以说"穿"；出了巫峡之后便是襄阳，激流勇进，所以用"下"。等从襄阳到洛阳，已经是陆路，所以说"向"。这是杜甫炼字的准确，又带有活泼的流水对的节奏感。

这首诗鲜明地刻画了诗人听闻唐军收复失地后的欣喜若狂，被后世诗论家极为推崇，并被誉为杜甫"生平第一首快诗"。

◎想一想，练一练：

1.诗人遇到了怎样的事情，才会创作出人生中最快乐的诗句？

2.诗人听到收复失地的喜讯，有什么反应？

3.借助地图，标出诗歌中写到的地名，谈一谈诗人为什么这么写？

4.阅读这首诗，想一想当胜利还未到来的时候，诗人经历过什么苦难？选读杜甫诗歌中著名的"三吏""三别"，谈一谈你的感受。

六十、因为一首诗被提拔的韩翃:《寒食》

人的一生是那么不同。有的人少年得志，比如王维；有的人终生坎坷，比如孟浩然；也有的人虽然年轻时得不到发展机会，但闲居之后，反而遇到了难得的机遇。

韩翃便是如此。

韩翃，字君平，南阳人。天宝十三年（754），韩翃考中了进士。宝应年间，他一直在淄青节度使侯希逸幕府担任从事。后来，侯希逸回朝，韩翃也跟他回到长安闲居。

这一闲，就是十年。

后来，李勉去镇守夷门时，韩翃担任李勉的幕僚。当时和他共事的都是一些年轻人，他们并不了解韩翃，也看不起他写的诗。

也是，岁月蹉跎，一把年纪还在给人当幕僚，韩翃想一想自己也觉得很失意。于是他经常称病，在家里一个人读书。这群同事中，唯有韦巡官知道韩翃很有才华，很尊敬韩翃。

一天夜里，韩翃忽然听到有人叫门，他不由得很怀疑，自己如此落魄，还会有谁深夜来访呢？仔细一听，好像是韦巡官。韩翃穿好衣服快步来给韦巡官开门。韦巡官满面喜色，一见到韩翃就连声道喜："兄台，大喜啊!"韩翃莫名其妙，不知喜从何来。韦巡官解释说："有旨意来，升任你为驾部郎中，负责主持制诰。"

制诰是专门负责起草撰写皇帝颁布的文告和命令。

韩翃更加吃惊了，说："这怎么可能呢？会不会是弄错了?"

韦巡官笑道："听说，朝中缺少起草皇上命令、文书的人，中书省曾经两次提名，但是皇上都没批准。后来中书省又请示圣上，皇上说用韩翃。我还听说，有个和你同名同姓的人，也叫韩翃，担任江淮刺史。中书省的人还专门请示皇上，到底说得是哪个韩翃？皇上朱笔御批，就是'春城无处不飞花'那首诗的作者韩翃。兄台，难道这不是你写的那首诗吗?"

韩翃说："是呀，就是我写的那首诗《寒食》。"他这才知道，果真是自己。

天亮了，李勉和各位同事都前来祝贺韩翃。

韩翃入朝后，果然得到了唐德宗的欣赏，不断晋升，最终官至中书舍人。

韩翃的诗笔法轻巧，写景尤其有特点，还特别擅长写送别诗。他和钱起等诗人齐名，是"大历十才子"之一。

寒食

春城无处不飞花，

寒食东风御柳斜。

日暮汉宫传蜡烛，

轻烟散入五侯家。

◎这首诗有哪些难理解的词语？

春城：指暮春时节的长安。

飞花：柳絮。

寒食：为了纪念介子推，古代在清明节前两天定为寒食。寒食禁火三日，只吃冷食，故此得名。

御柳：御苑的柳树，皇城中的柳树。

汉宫：指唐朝皇宫。

传蜡烛：寒食普天禁火，但权贵宠臣可以得到皇帝恩典赏赐得到蜡烛。

五侯：汉成帝册封王皇后五个兄弟为侯，都很受皇帝恩宠。这里指天子身边的宠臣。

◎这首诗有什么内涵？

暮春时节，长安城到处柳絮飞舞，寒食节的东风吹动了御苑的柳枝。夜幕降临，宫里传出了赏赐的蜡烛，点燃那蜡烛的轻烟飘散入王公贵族的家中。

◎如何欣赏这首诗？

读这首诗，好像身临其境，看到了唐代寒食节的民俗。

寒食节这一天禁火，但是朝廷的王公贵族和皇帝宠臣可以得到特别赏赐的蜡烛，被准许点火。皇帝赏赐近臣烛火其实有两个用意，一是说明寒食节结束，可以用火；二是提醒身边的宠臣，要向拒不受禄的介子推学习。

　　这首诗写得非常形象生动，开篇先写寒食节的长安城景物。"春城"是美好的，"春"，是最美好的自然季节，而这个"城"，就是代表了繁华富庶的长安城，也是大唐盛世的代表。"无处不飞花"，用一个双重否定烘托出整个长安城的春意盎然。这个"飞"字，其实也写了春风。因为有了春风，那些落花才飞得起来，而且能满城飞舞。可以说，这第一句诗，就将长安城暮春时节的景象栩栩如生地呈现在读者面前，而且非常灵动。

　　既然春风已到，自然引出了下一句"寒食东风御柳斜"。这句写到了御苑，写到了春风吹拂下的御苑柳树。

　　最后两句，写"日暮汉宫传蜡烛，轻烟散入五侯家"，这是对汉宫传蜡烛，也是唐宫传蜡烛的描写。当普天下的人都禁火的时候，皇宫是唯一的例外。而天子又特降恩宠，赏赐蜡烛给身边近臣，这份平日看起来平平无奇的烟火，在寒食这一天格外引人注目。因为这代表着天子的恩宠。这种对于皇权富贵的描写却是从侧面着力，用心细密。

　　这首诗从写景自然转换到写风俗；从地点上来看，从长安城写到御苑，又从御苑写到了王公贵族之家；从时间上来看，从白天写到了日暮，转换自如。这首诗言简义丰，而且用字精准，比如"飞"字，"斜"字，"传"字，"散"字，互相照应，读来别有韵味。

◎想一想，练一练：

　　1.你知道寒食节都有哪些风俗吗？用自己的语言讲一讲介子推的故事。

　　2.阅读这首诗，你看到了怎样的景象？

3. 想象一下，百姓如何度寒食节的？

4. 假如你是长安百姓，看到贵族家里灯火通明，你会有怎样的感受？

六十一、五言之冠冕《古诗十九首》:《迢迢牵牛星》

刘勰在《文心雕龙》中称赞《古诗十九首》是"五言之冠冕"，因为这些诗歌，语言朴素自然，描写生动真切，艺术风格浑然天成。然而这些诗歌的作者，却没在历史上留下名字。

南朝萧统从汉代末年无名氏古诗中选录十九首编入《昭明文选》，史称《古诗十九首》。《古诗十九首》产生的时代，正是东汉末年社会动荡，战争频发。那时候下层文人四处漂泊，难以得到发展的机会。所以，《古诗十九首》的作者就通过手中笔诉说自己的遭遇，抒发自己的感受。这些诗歌有很多描写了离愁别恨，思乡情绪低沉。这些离别情绪，是每个时代人们所共有的，比如思念故乡，想念亲人，思妇想念游子，游子对人生的思考等等。

也正因为《古诗十九首》抒发了人们共同的情绪，所以特别动人心弦，能够在千百年来引起人们的共鸣。

此外，《古诗十九首》也表现了东汉末年的社会黑暗，抨击了当时的世风日下，隐藏着诗人的信仰危机。

在《古诗十九首》中，有一些相思的诗歌从女性角度来写的，诉说了女性的不幸遭遇，也别具特色。

从艺术方面来看，《古诗十九首》汲取了乐府民歌的许多优点，语言朴素，情感真挚，特别擅长抒情，而且情景交融，达到了很高的艺术境界。

迢迢牵牛星

迢迢牵牛星，皎皎河汉女。

纤纤擢素手，札札弄机杼。

终日不成章，泣涕零如雨。

河汉清且浅，相去复几许？

盈盈一水间，脉脉不得语。

◎这首诗有哪些难理解的词语？

迢迢（tiáo）：遥远。

牵牛星：俗称"牛郎星"，是天鹰座主星。

皎皎：明亮的样子。

河汉女：指织女星。

擢（zhuó）：摆弄。

素：白皙。

札札：象声词，织布机的声音。

杼（zhù）：织布机上的梭子。

章：布匹上的经纬纹理，这里指整幅的布。

涕：眼泪。

零：落下。

去：间隔。

几许：多少。

间：四声，隔，之间。

盈盈：清澈的样子。

脉脉：含情相视的样子。一作"默默"，默默地用眼神表达情谊。

◎如何理解这首诗?

那遥远光明的牵牛星,那皎洁遥远的织女星。

织女正在挥动洁白纤细的双手,织布机还在札札地不停响。

因为思念一整天也无法织成一匹布,她流下的泪水如同雨珠。

那条清清浅浅的银河,相隔又能有多远呢?

牛郎织女分隔在清清浅浅的银河两边,含情脉脉地对望着,却无法言语。

◎如何欣赏这首诗?

读这首诗,好像重温了儿时牛郎织女的神话故事,但是感受更加生动。

诗人用旁观者的角度讲述牛郎和织女隔河相望却不能见面的相思故事。开头用"迢迢"形容牵牛,用"皎皎"形容织女,这说明二者都是遥远又明亮。"河汉女"是指织女星,是为避免和上句诗的"牵牛星"重复,将织女星改为河汉女,而且又带给人真实的感受:织女真的就是守在银河边上的那个女子。这两句诗,将读者代入到神奇的神话故事现场。

接下来四句诗,"纤纤擢素手,札札弄机杼。终日不成章,泣涕零如雨。"都是在说织女织布。织女本来是最会织布的,但是因为思念牛郎,所以每天哭泣,根本无心织布。这个"弄"字说明织女是在无心地抚摸着织布的梭子,根本无心开展织布。

最后四句就是诗人的感慨:"河汉清且浅,相去复几许。盈盈一水间,脉脉不得语。"这银河能有多宽?只不过隔着一条银河,但是让牛郎织女有情人不能相守。

虽然牛郎织女是一个神话故事,但是在这首诗中,却将这个故事赋予了现实意义。朗诵起来,感觉亲临现场,仿佛能感受到牛郎和织女真挚的感情,和相思却不得见的痛苦。

全诗以物喻人，构思非常巧妙。牵牛只写了一句，而织女却写了四句。很多角度都是从织女的感受出发，描写细腻。人物形象非常鲜活。

诗中多用叠音词，赋予这首诗质朴的气质，也增加了诗歌的音乐美，浑然天成。这首诗表面上是抒发天上织女的情思，实际上是抒发地面上思妇的离愁别恨。

◎想一想，练一练：

1.这首诗表达了一种怎样的感情？你从哪里看出来的？

2.织女织布，为什么每天都织不成布呢？你看到了怎样的一幅图画？

3.全诗有哪些叠词？朗诵这首诗，体会叠词的作用。

六十二、爱写宫词的司马王建:《十五夜望月》

"老兄，今日得闲，我们可以好好喝酒，谈天说地了。"月光下，王建给王守澄敬酒道。王守澄是王建的同宗兄长，虽然王守澄是宦官，但是两个人特别能说到一起去，而且王守澄还知道很多宫廷秘闻。最近王建热衷于创作《宫词》，这位王守澄，可是他艺术创作的来源。

王守澄呵呵一笑，也不推辞，二人推杯换盏，聊了起来。

王守澄也爱和王建聊天，因为这位老弟，从来不求自己办任何事，跟他聊天没什么负担。自己不过是和他说一说宫廷秘闻，聊以逗乐罢了。

时间久了，有一些人背地里议论，说王建是缺心眼儿，守着王守澄这么铁的关系不会用，就知道写诗。要知道，王守澄可是大权在握，跟他开口求

203

个官职，飞黄腾达还不是指日可待？

王建听到这些话却总是摇摇头。自己家境贫寒，少年时经常为了吃饭发愁。到了大历年间，王建结识了诗人张籍。两个人一起求学，一起创作乐府诗。王建和张籍的乐府诗齐名，被称为"张王乐府"。贞元十三年（797），王建开始从军，从幽州到荆州，都留下了他的足迹。他也参加过战争，见证了大唐的铁血军队。这十三年军旅生涯，给了他创作边塞诗的最好素材。

后来，王建回到咸阳乡下，过起了"终日忧衣食"的日子。元和八年（813），四十八岁的王建担任了昭应县丞。

说起来可笑，头发都白了，才当了个小吏。

不过王建接下来的仕途还算平顺，先任太府寺丞，后任陕州司马，所以被人称为王司马。

王建见过了沙场点兵，好男儿抛洒热血，也见过了民间疾苦，又和张籍、韩愈、白居易、刘禹锡这样的著名诗人是好朋友，难道还能为了一官半职求告王守澄吗？

这是王建绝对不会去做的。

《宫词》，是用白描的手法活化出大唐的宫廷生活，这是王建希望为后世留下的诗作。

不过，有一次和王守澄聊天时，王建不留意惹怒了他。这位大宦官立刻变了脸色，马上质问王建："你写了那么多宫词，都是宫廷秘闻。你是如何知道这些的？这件事情你必须向皇帝交代清楚。"

王建马上道歉说："自是姓同亲向说，九重争得外人知。"

意思是，还不是兄长您告诉我的，要不然我怎么能知道这些呢？王守澄听了只能无奈一笑。

一百首《宫词》成为王建独出心裁之作，而他最闻名于世的，还得数《十五夜望月寄杜郎中》。

十五夜望月寄杜郎中

中庭地白树栖鸦,

冷露无声湿桂花。

今夜月明人尽望,

不知秋思落谁家?

◎这首诗有哪些难理解的词语?

十五夜:指中秋节晚上。

杜郎中:名杜元颖。

中庭:即庭中,庭院中。

地白:指月光照在庭院里的样子。

冷露:指秋天的露水是冰冷的。

秋思:秋天的情思,指对人的思念。

落:在,到。

◎如何理解这首诗?

今晚月光照得中庭地面一片雪白,树上栖息着乌鸦。清冷的秋露无声地打湿了院子里的桂花。

今天晚上皓月当空,大家都在赏月,不知道这秋夜的情思落在了谁家?

◎如何欣赏这首诗?

在吟咏中秋佳节的诗歌中,这是比较出名的一首。

第一句诗,"中庭地白树栖鸦",描写了赏月的环境。此时明月当空,院子被照得一片雪白,旁边的树上栖息着乌鸦。一种冷清苍凉的感受随之弥漫开来。特别是"树栖鸦",诗人怎么会知道?当然是听到了乌鸦的声音。这样一动一静，就衬托出赏月的寂静。

第二句诗，"冷露无声湿桂花。"这一句诗带着桂花的迷人芬芳弥漫开来。桂树也是月亮上独有的树，带着中华民族对于月亮的美好想象。这句诗写了冷露对桂花的浸润，进一步思考，也可能写的是月中的桂树。这说明诗人正在抬头望月，看到月亮时的所思所想。月亮寂静无声，却飘散出被秋露浸润的桂花香气，仿佛触手可及。

最后两句诗："今夜月明人尽望，不知秋思落谁家。"从抬头望月，到视线转移到了在望月的人。天下人都在望月，不知道今夜的思念落在了谁家呢？这种情绪的共鸣，这种集体民俗行动，赋予赏月整个民族风俗的意义。但诗人没有倾诉自己的思念之情，而是借助天下人的思念，侧面描写自己的思念。这种情绪似真似幻，似虚而实，缠绵悱恻，非常含蓄，而且非常具有意境美。

这样看，这首诗含蓄蕴藉，情感深沉，手法高超。

◎想一想，练一练：

1. 这首诗描写了哪些事物？从中你看出诗人怎样的感情？
2. 体会诗歌中"落"的表达效果。
3. 体会诗人"望"的情感美。

六十三、天才诗人李贺:《马诗》

这一日晴空万里，诗人韩愈和朋友正在喝茶聊天。朋友对韩愈说："听说，最近京城里有个七岁的孩子，居然能写一手好诗文，是不是一件奇事？"

韩愈也很惊讶，道："假如古人能如此，那还情有可原。现在还有这样的神童？那咱们赶紧去看看。"

于是，韩愈和朋友找到了传说中那个神奇的孩子，请他现场作诗一首。这小孩子长得很瘦，很有礼貌。见是两个大人要求，于是想了想，创作了一首诗。韩愈上前一看，这首诗名叫《高轩过》：

> 华裾织翠青如葱，金环压辔摇玲珑。
>
> 马蹄隐耳声隆隆，入门下马气如虹。
>
> 云是东京才子，文章巨公。
>
> 二十八宿罗心胸，九精照耀贯当中。
>
> 殿前作赋声摩空，笔补造化天无功。
>
> 庞眉书客感秋蓬，谁知死草生华风。
>
> 我今垂翅附冥鸿，他日不羞蛇作龙。

《高轩过》的意思是高车相仿，高轩，是指高大华贵的车轩。韩愈一看这首诗就赞不绝口，不但写了来访客人的气势，赞美了客人的文名，还写出了自己的抱负。这首诗充满自信，并且对客人非常谦虚。这孩子将来肯定有出息！韩愈赞叹道："天才！这孩子果然名不虚传！"

于是韩愈经常请李贺去家里做客。经过韩愈的赞赏，李贺在长安的名声更大了。

但李贺没想到，名声也给自己带来了拖累。本来李贺才学过人，声名远播，早就可以榜上有名。但李贺二十一岁参加科举考试时，一些嫉妒李贺的人攻击他，说李贺的父亲名字叫"晋肃"，和"进士"读音相似，应该避讳。李贺居然因此不得参加科举考试。韩愈曾经为李贺鸣不平，李贺后来被任命为从九品的奉礼郎。

但这三年的为官时间，让李贺看到了很多的民间疾苦，他因此创作了很多优秀诗歌。

李贺写诗的时候喜欢深入生活。他只要有了感动自己的题材，便将其记录下来。李贺经常骑着一匹瘦马，带着书童，一边走一边思考。如果有了灵感，发现了好的句子，他就赶紧把这个句子记录下来，并且放到书童背着的锦囊里。一回到家里，李贺连吃饭都顾不上，赶紧从锦囊中找到自己记录的纸条，将这些句子进行整理。

母亲看到李贺写诗这样用心，非常感慨地说："这孩子为了写诗，非要呕出心来才罢休！"

正是因为如此，李贺创作了很多流传千古的名诗。

由于志向不能实现，二十七岁的李贺因病去世。

李贺是继屈原、李白之后我国历史上又一位浪漫主义诗人。李贺与李白、李商隐并称为"唐代三李"。

马诗二十三首·其五

大漠沙如雪，

燕山月似钩。

何当金络脑，

快走踏青秋。

◎这首诗有哪些难理解的词语？

大漠：广大的沙漠。

燕山：在河北省。

钩：古代兵器。

何当:什么时候。

金络脑:即金络头,用黄金装饰的马笼头。

踏:走,跑。

清秋:清朗的秋天。

◎这首诗有哪些内涵?

　　广阔无垠的沙子覆盖着大漠,如同无边无际的大雪。燕山上看月亮,如同空中悬挂着一把弯钩。

　　什么时候我能给马儿戴上金络头,让它飞快奔驰,踏遍这晴朗秋日的原野!

◎如何欣赏这首诗?

　　这首诗是咏马诗。但诗人并非单纯咏马,而是暗含对于伯乐的向往,对自己怀才不遇的愤慨。

　　第一、二句诗,诗人写了马的生活环境:这是非常辽阔的大漠,就在燕山的边上,弯弯的月亮高高挂在高空。这两句诗勾画出了马生活的大环境。在塞外大漠,一望无垠的沙子好像雪一样白,为什么沙子会像雪一样?因为燕山上的月亮已经出来了,月色如水,照耀得大漠如雪。而这个"钩",其实是一种武器。诗人这样比喻,将塞外疆场的寒气凛凛写得非常充分。这意味着,这匹马其实是战马,是要上战场杀敌立功的。

　　接下来,诗人写道:"何当金络脑,快走踏清秋。"金络脑其实是非常贵重的,说明这匹马是非常受重用的。所以,诗人写被重用的战马,其实是写自己所树立的建功立业的希望。

　　这首马诗运用比兴手法,抒发了诗人怀才不遇,渴望建功立业的理想。

◎想一想，练一练：

1. 这首诗开篇描绘了一幅怎样的图画？带给你怎样的感受？

2. 诗人以马喻人，想抒发自己内心怎样的情感？

3. 你是否还读过其他写马的古诗，比较一下和这首诗的不同之处。

六十四、中国最早的诗歌总集《诗经》:《采薇》

《诗经》最早叫《诗》，是我国最早的诗歌总集。《诗经》收录了从西周初年到春秋中叶的诗歌共 311 篇，其中六篇是笙诗（《南陔》《白华》《华黍》《由庚》《崇丘》《由仪》），只有题目，没有内容。

《诗经》的作者已经无法考证，从内容上分为《风》《雅》《颂》三部分。《风》是周代各地的歌谣；《雅》是周人的正声雅乐，是周王朝国都附近的乐歌，分为《大雅》和《小雅》；《颂》是周天子和贵族进行祭祀时的乐歌，分为《周颂》《鲁颂》和《商颂》。

据说，周代有专门的采诗官，他们每年春天深入民间，采集能够反映民间疾苦的作品。这些作品经过整理后，交给太师谱曲。太师是负责音乐的官员。这些诗歌可以欣赏，更是作为周天子执政的参考。

《诗经》的内容十分丰富，广泛反映了劳动人民的劳动与爱情，战争与徭役，压迫与反抗，风俗与婚姻，祭祀与宴会等各个方面。阅读《诗经》，可以真切地观察距离几千年前的周代人们是如何生活的。

采薇(节选)

——《诗经·小雅》

昔我往矣,杨柳依依。

今我来思,雨雪霏霏。

行道迟迟,载渴载饥。

我心伤悲,莫知我哀!

◎这首诗有哪些难理解的词语?

昔:从前,指出征时。

往:当初从军。

依依:形容柳丝轻柔,随风摇曳。

思:用在句末,没有具体意义。

雨(yù)雪:下雨。雨:动词。

霏霏:雪花飘落的样子。

迟迟:迟缓的样子。

◎这首诗有什么内涵?

回想我当初出征的时候,杨柳依依,随风拂动;如今在回来的路上,大雪纷飞。道路泥泞难行,又渴又饥。满心悲哀,谁能体会我的哀痛!

◎如何欣赏这首诗?

这首诗描写了征战归来的将士,路上遇到了雨雪天气,又冷又饿,百感交集。

士兵在回家的路上,回想起当年出征的情景。"昔我往矣,杨柳依依。"

那时候刚好是春天，士兵即将远离故乡去征战沙场，内心涌动的是对于故乡的依恋和不舍。经过艰苦的战斗后，在回家的时候，"今我来思，雨雪霏霏。"归乡路上雨雪交加，路途泥泞。这种极端天气下，士兵体会到生命的渺小和脆弱。这也正是他在战争中体会到的。生命的流逝，战斗的无情，这种含蓄的情感蕴藏其中。

士兵的感受如何？"行道迟迟，载渴载饥。"这一路路途难行，士兵又渴又饿，进入了生活的困境。这种困境，这种路途难行，其实也包含了多年未曾回家，对于家人的担心。这种情绪和诗歌中的"近乡情更怯，不敢问来人"不谋而合。

所以战争到底给普通士兵带来了什么？

"我心伤悲，莫知我哀！"

这种痛苦和悲伤充满了士兵的内心，是无从对外人说起的！

《采薇》不是抒发将士的战斗豪情，而是将个人从战场中分离出来，表现了士兵征战日久、归乡情切、悲伤痛苦的内心世界。这是最早反映人们对于战争的厌恶和反感的诗歌，堪称千古厌战诗之祖。

◎想一想，练一练：

1.谈谈你对《诗经》的了解。

2."昔我往矣，杨柳依依。今我来思，雨雪霏霏。"这句诗被视为情景交融的佳句，谈谈你觉得好在哪里？

3.体会士兵归乡时内心的情感，你从哪些地方看出来的？

六十五、逐客王观:《卜算子·送鲍浩然之浙东》

宋神宗看着手中那篇文章赞不绝口:"这篇文章别出心裁,《扬州赋》,好,好! 作者是谁?"

旁边有侍从恭恭敬敬地回答道:"启禀圣上,作者是王观,嘉祐二年(1057)中的进士,担任过大理寺丞和江都知县。"

宋神宗颇为赞赏,命令褒奖王观。没多久,王观又撰写了《扬州芍药谱》,被重用为翰林学士。

王观进京后,因为受到宋神宗的欣赏,奉命作《清平乐》一首。谁知高太后认为这首诗亵渎了宋神宗,第二天王观就被罢职了。

朋友前来送行,非常疑惑问他:"先生出仕多年,又是圣上一力提拔,怎么会对圣上不敬呢?"

王观听了笑道:"哎,这件事说起来大有缘故。就如同你说的,我为什么非要对圣上不敬呢? 此事不过是个幌子。从内廷传出来消息,太后因为我是临川先生(王安石别名)门生,故此为之。"

"啊? 就因为您是临川先生的门生? 这还真是……"

王观微微一笑说:"没什么,以后做一介平民,不是挺好吗? 对了,你还不知道吧,我已经自号为'逐客'了,是不是挺妙?"

王观从此开始了平民生活。他的词写得妙趣横生,和北宋词人秦观并称"二观"。

卜算子·送鲍浩然之浙东

水是眼波横，山是眉峰聚。

欲问行人去那边？眉眼盈盈处。

才始送春归，又送君归去。

若到江南赶上春，千万和春住。

◎这首词有哪些难理解的词语？

卜算子：词牌名，北宋时流行此曲。

眼波：比喻目光像流动的水波。

山是眉峰聚：山如同美人蹙起的眉毛。

欲：想。

行人：指词人的朋友鲍浩然。

盈盈：美好的样子。

才始：方才。

◎这首诗有什么内涵？

水像美人流动的眼波，山像美人蹙起的眉毛。想问问行人要去哪里？要去山水交汇的美好地方。

才送走了春天，就又要送你回去。如果你到江南赶上了春天，千万要把春天的景色留住。

◎如何欣赏这首词？

这首词别出心裁，虽然是送别词却毫无悲音，反而令人读之心情愉快。

词的上片写朋友的山水归程。作者用拟人手法，将山水比成美人的眉眼，读来别有新意。再深入想想，像人眉眼的山水，会不会也如同人一样，具有人的情感呢？在朋友离别之际，山水岂不是也要有所感动？这样想，作者巧妙地将自己的情感凝聚在了山水之中，隐藏的是对于朋友离别的依依不舍之意。"欲问行人"两句，用问句询问朋友的去处。朋友要去的地方是"眉眼盈盈处"，可以理解为山水重逢处，那里的山清水秀，如同美人的"眉眼盈盈"；也可以理解为，鲍浩然是要去和"眉眼盈盈"的心上人相会。

在上片中，山水和眉眼合写，意思是处处有山水，处处有眉眼，这也是作者对于朋友鲍浩然送别依依不舍的凝视，也是鲍浩然心上人盼望他归来的眉眼。

在这首词的下片，作者直抒胸臆，抒发送别友人的离愁别绪和对友人的祝福。他用两个"送"，写出了送别的不舍，刚送春天离开，马上又要送友人离开了。但是他马上展开了奇思妙想，万一你出发赶上了春天，千万要和春天同住啊！

这首词最大的特点就是充满灵性，想象奇特，用眼眉比喻山水，又将春天拟人化。读来给人新奇的感受，比喻巧妙，轻松活泼，却高雅不落俗套。

◎ 想一想，练一练：

1.作者如何描写送行时看到的山水？这样写有什么特点？

2."眉眼盈盈处"是指什么地方？

3.作者用了两个"送"字，有什么特别的含义吗？

4.读这首词，你体会到了词人什么情感？

六十六、千里之才黄庭坚:《清平乐·春归何处》

窗外绿树成荫，知了在不知疲倦地叫着。双井村里欢声笑语，大家都聚集在黄家，准备看黄家的二儿子抓周。这孩子刚满一岁，虎头虎脑的，十分可爱。

在黄家的床上，摆放着弓、箭、纸、笔等物件。不知道谁还放了一把算盘，还有金光闪闪的金锭。大家又说又笑，乐不可支。就见那个胖孩子冲着纸笔爬了过去，一把抓住了毛笔就不肯放下，还哈哈地笑了起来。这下子大家都乐了："恭喜啊，看来，你们老黄家又要出一个读书人啦!"

孩子的父亲非常高兴，给孩子取名"大临"。大临是远古时期"八恺"之一，是高辛氏的才子之一。这也代表了父亲对于大临的期待。后来，父亲又给大临取名庭坚。

黄庭坚从小聪明过人，而且勤于向学，很多书刚读几遍就能背诵。一天，舅舅取出书架上的书问黄庭坚，结果发现没有他不知道的。舅舅非常惊奇，连连赞叹："大临，想不到你的学业一日千里，一定要继续努力。我看，你可是个千里之才啊!"

后来，舅舅又来看望黄庭坚。舅舅看到他正在读书，就想试一试他的学问如何。舅舅看着窗外的桑树，给黄庭坚出了一个对联的上联：

桑养蚕，蚕结茧，茧抽丝，丝织锦绣。

黄庭坚想了想，看了一下手中的毛笔，略做思考，就对出下联：

草藏兔，兔生毫，毫扎笔，笔写文章。

舅舅看到黄庭坚小小年纪，就如此才思敏捷，非常高兴，连连称赞。

黄庭坚十三岁那年，父亲在康州太守任上病逝。此时，黄庭坚的舅舅李常是龙图阁学士，又是当时著名藏书家。母亲决定送黄庭坚到舅舅那里游学。

少年黄庭坚离开双井村，来到了舅舅身边。在舅舅身边的三年里，黄庭坚研读了百家经典，打下了深厚的学术基础。在舅舅的引荐下，他还认识了著名文学家孙觉。有了名家指导，加上黄庭坚的不懈努力，学问进步一日千里。

黄庭坚十八岁参加乡试就荣获第一名，成为乡元。但一年后的科举考试他失败了，于是回到双井村，继续沉下心苦读深造。

一年后，黄庭坚再次荣登乡元，并在接下来的考试中成功考中进士，而且是三甲榜首，考中了进士第三十一名。黄庭坚被任命为叶县县尉，后来又担任国子监教授。苏轼见到黄庭坚的诗文，认为其诗文超凡绝尘，对他的文章大加褒扬。于是，黄庭坚在北宋文坛声誉日隆。

黄庭坚曾游学于苏轼门下，和张耒、晁补之、秦观合称为"苏门四学士"。他创作的诗被苏轼称为"山谷体"。黄庭坚的书法也自成一家，人们将他和苏轼、米芾、蔡襄的书法称为"宋四家"。

清平乐·春归何处

春归何处？寂寞无行路。若有人知春去处，唤取归来同住。

春无踪迹谁知。除非问取黄鹂。百啭无人能解，因风飞过蔷薇。

◎这首词有哪些难理解的词语？

寂寞：清净，寂静。

无行路：没有留下春天离开的行踪。

唤取：呼唤。取：语气助词，没有实际意义。

谁知：有谁知道。

百啭：形容黄鹂婉转的鸣叫声。啭：鸟鸣声。

解：懂得，理解。

因风：顺着风势。

蔷薇：花名，春夏想叫时盛开，气味芳香，果实可以入药。

◎这首词有什么内涵？

春天回到了哪里？四周一片寂静，找不到她的踪迹。如果有谁知道春天的消息，喊春天回来和我们住在一起。

春天是没有踪迹的，谁能知道？除非问一问黄鹂。那黄鹂的叫声婉转，却没有人知道它的意思。看吧，黄鹂却乘着风飞过了正在盛开的蔷薇。

◎如何欣赏这首词？

这首词构思巧妙生动，抒发了作者的惜春之情。

上片作者在追问谁知道春的去处？春天离开之后，"寂寞""无行路"。环境是寂静的，所以这也是词人寻找春天的缘故所在吧！作者四处寻找，但是春天离去了，而且一点儿踪迹也没留下。但作者四处询问，谁知道春的踪迹呢？假如知道春的踪迹，就请春留下来和我们同住吧！作者的这种设想表达了对美好事物的执着和渴望，用这种寻找来表现对春的珍惜之情。

下片作者自问自答，要想知道春的去处，那只有问黄鹂了。因为黄鹂是春去夏来的时候出现的，因此黄鹂一定知道春天的踪迹。这很富有想象力。然而黄鹂只能报以婉转的鸣叫，谁能听懂呢？结果黄鹂乘风而去，一下子飞到了蔷薇花那边去了。就连黄鹂的踪迹都无法找寻了，那春天就更不可捉摸了!

这首词抒发了作者对于春天纯真的爱惜之情。作者对于春天执着地追寻, 苦苦地寻觅。这首词风格独特, 充满了奇思妙想。读来令人感动, 又觉得有趣, 特别有超凡脱俗的感觉。

◎想一想, 练一练:

1. 作者为什么要寻觅春天的踪迹? 猜想一下原因。

2. 春天的踪迹无处寻觅, 请谈一谈作者情绪的变化, 你从哪些词语看出来的?

六十七、韩愈不罪贾岛:《早春呈水部张十八员外·其一》

贾岛是唐代著名的苦吟诗人。他经常为了在诗句中准确使用一个字而苦苦思索。一天, 贾岛骑着毛驴到郊外游玩, 只见这里绿树成荫, 春风吹拂, 湖水生波, 风光格外美丽。

贾岛见池水旁的树上有许多小鸟, 叽叽喳喳地叫个不停, 但池水旁边的人家却很幽静。于是, 贾岛触景生情, 当时创作了一首诗:

闲居少邻并, 荒径入荒园。

鸟宿池边树, 僧推月下门。

写好之后, 贾岛又觉得末句这个"推"字用得不太好, 是不是应该改成"敲"字呢? 贾岛在回去的路上苦苦思考, 恍然感受不到身边的景物。不知不觉中, 他已经被毛驴驮着进了城。但是贾岛好像心神还留在刚才去过的那

个池水边。他在苦苦地思考，到底是用"推"字好，还是"敲"字好呢？

贾岛正在思索，忽然发现身边的人惊叫连连。他再一看，自己居然已经闯进了一个高官的仪仗队中。仪仗队打头的官员正在着急地拉着自己的毛驴往路边停下。他还在恍惚，旁边的卫士已经把他拉下了毛驴。

贾岛被带到了大人跟前。大人一看，这位读书人神思恍惚，于是询问他到底发生了什么事？贾岛于是说出了自己的困惑。大人不但没有怪罪贾岛，反而和贾岛讨论起来。两个人讨论后决定，还是用"敲"字更好。

贾岛这时才知道，这位大人就是久负盛名的韩愈。韩愈欣赏贾岛对创作诗歌遣词造句精益求精的执着精神，还请贾岛骑上毛驴，和自己一起回去。贾岛在韩愈家中留住多日，两个人一起讨论关于诗歌的学问。

后来，贾岛和韩愈成为知己好友，两个人一起推敲学问，成为文学史上流传的佳话。

韩愈对朋友特别真诚，年轻的时候和孟郊、张籍交往甚密。韩愈出仕后，孟郊和张籍还未扬名。韩愈就经常向官府推荐他们，称赞他们的才能。后来张籍考中了进士。

韩愈虽然仕途顺利，但是从来没有因为自己身份显赫就轻视朋友。他经常在办公闲暇时邀请朋友一起吟诗作对，畅谈宴饮。对于那些年轻有才华的人，韩愈更是对他们劝导勉励，鼓励他们为国效力。

早春呈水部张十八员外·其一

天街小雨润如酥，草色遥看近却无。

最是一年春好处，绝胜烟柳满皇都。

◎这首诗有哪些难理解的词语?

呈:恭敬地送给。

水部张十八员外:指诗人张籍,曾任水部员外郎,在同族兄弟中排行第十八。

天街:京城的街道。

润如酥:细腻如酥。酥:动物的油,形容春雨细腻。

最是:正是。

绝胜:远远胜过。

烟柳:柳絮如烟的柳林。

皇都:帝都,指长安。

◎这首诗有什么内涵?

京城大街上春雨飘落,雨水像酥油一样细密。远远看去,草色依稀连成一片,近看时却发现小草长得稀疏。这是一年中春光最美的季节,远远胜过全长安城满是柳絮如烟的日子。

◎如何欣赏这首诗?

读这首诗,能感受到诗人眼中独特的长安城之春。

诗句开篇写到了春雨和草色,这是长安城独特的景色。春雨是细腻滋润的,所以诗人用"润如酥"比喻春雨的细腻、润泽,准确地把握住了春雨的特点。这个比喻非常新奇。第二句承接春雨写到了"草色"。小草是最寻常的景物,也是对春天的到来最敏感、最先发生变化的景物。所以诗人写草色远看碧绿,近看却并未有那么深的色彩。这也意味着,春雨、小草虽然透露了春天的消息,却还是初春,春天尚未完全来到。在长安,春雨已经来临,被春雨滋润的小草,却还"遥看近却无"。要等到春天完全来到长安,还得

221

等一段时间。但是这一片若隐若现的草色，却已经透露了春天已经到来的消息。

这两句诗也为这首诗铺排了美丽的背景，在春雨的滋润下，草地已经稍微有点儿泛绿。这是长安城的背景，也是春天即将到来的前奏。

在诗的三四句，诗人对初春景色直接进行了赞美："最是一年春好处，绝胜烟柳满皇都。"在诗人心目中，这被春雨滋润的草地，是长安城春天最美的景色，比那绿柳飘拂的长安城要美丽许多。这是一种对比，其实也是一种诗人内心的独白。

为什么诗人会认为初春的景色会比暮春更美呢？

试想一下，寒冬刚刚离去，气温还未回升，但是伴随着一场春雨，那泛绿的小草却透露了春天即将到来的消息。难道这不值得诗人兴奋吗？而到了暮春时节，杨柳已经"满"皇都，整个长安城到处都是绿色，反而不如这若隐若现的绿色引人惊喜了。

诗人对于春天的感受是独特的，刻画也非常细腻。诗人歌颂早春，又写出了早春的独特之处。诗人用独特的语言，描绘出画笔也难画出的初春美景，紧扣题目中的"早春"二字，将早春的长安城描绘得生动活泼。

◎想一想，练一练：

1.怎样理解"草色遥看近却无"？

2.诗人眼中的长安早春是什么景象？特点是什么？

3.诗人将早春和什么景象进行对比？这样写的好处是什么？

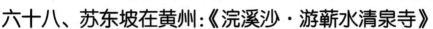

六十八、苏东坡在黄州:《浣溪沙·游蕲水清泉寺》

元丰三年（1080）大年初一，就在欢庆新年到来的日子里，大诗人苏轼和长子苏迈启程离京。跟随他们一起出发的，还有奉命押解他们的御史台官差。

苏轼由于乌台诗案被贬到黄州，他被任命为黄州团练副使。虽然看起来苏轼还有官职，但仅是挂名，因为他是戴罪之身，需要接受黄州官员的监视，不能随意离开黄州。

这是闻名天下的才子苏轼人生的最低谷，也是他放下曾经的那个声名显赫的苏轼，成为豁达自然的苏轼的开始。

经过一个多月风餐露宿，辛苦跋涉，苏轼一行人终于抵达黄州。但是苏轼身为犯官，黄州官府并没有现成的宅院安置他们住下。无奈之中，苏轼只得暂时借住在山里的一座破庙，这就是后来人们熟知的"定惠院"。

多少个难眠的夜里，苏轼在定惠院一个人漫步。看着这大山寺庙中的满天星斗，他在反思，过去的一切，自己是否也有失误之处？自己是否过于锋芒毕露？

没多久，苏轼的一家老小都来到了黄州。

"好，好！咱们一家人亲亲热热地在一处，就是最大的平安！"苏轼开心极了，但很快，他陷入生活的困苦中。一家老小二十多人，小小的定惠院哪能住下，无奈，苏轼只能带着全家老少找到一处废弃的驿站临皋亭居住。

临皋亭靠近长江，潮气很大，其实根本不适合居住。而且这里年久失

223

修，实在是让全家老少跟着苏轼遭罪了。

苏轼在诗中写道，这里的环境如何呢？"小屋如渔舟""破灶烧湿苇"。生活怎么样？"空庖煮寒菜"。可以说，在临皋亭，住的、吃的都不好。

苏轼刚到黄州时，还带着一些积蓄。他当时计算可以花一年多。但是全家老少一来，支出立刻上升。于是苏轼只能控制每天最多花一百五十文钱。

每月初一，苏轼取出四千五百钱，分成三十份，然后用画叉挑起来挂在屋梁上。每天需要花钱的时候，他就用画叉挑下一份钱来。

苏轼就用这样的方式强迫自己节约。

但是坐吃山空，一年后，苏轼的生活更加困顿了。

幸好他有个好朋友叫马正卿，也追随他来到了黄州。马正卿看到苏轼如此困顿，于是找到黄州太守，请求拨给苏轼一些无主之地，让他能够种地，自给自足。

当时黄州太守并没有答应马正卿的请求，也许是畏惧朝堂对苏轼的忌惮，也许是不想多事。等到新任太守徐君猷到任，他很同情苏轼的遭遇，才答应了这个请求。

徐君猷把黄州东缓坡上的一块营防废地划给苏轼。这块地之前是营房旧址，现在遍地瓦砾，荒草丛生。但是，徐君猷这样做其实已经冒了很大的风险。

苏轼带着全家老少日日苦干，整理这块荒地，终于整理出了五十亩地。他又买了一头牛，开始了种地生涯。

苏轼冬天种小麦，夏天种稻子，还种了很多蔬菜水果。

这是之前稳坐书斋的苏轼从未体会过的艰辛。

随着苏轼在黄州生活的日子越来越久，朋友们纷纷前来看望他。如果没有朋友来访，苏轼就去拜会朋友。

后来，在朋友的帮助下，苏轼亲自动手在田间地头盖了五间草屋。草屋落成那一天，天降瑞雪。苏轼很高兴，就在草堂墙壁上画满了雪花，并且命名为"雪堂"。苏轼还专门写了一篇文章《雪堂记》来记述此事。

苏轼在黄州的生活是十分艰辛的。但是苏轼深刻剖析自己之后，他的性格更加坚韧，对于理想的追求更加坚定。他本人也更加乐观。

在黄州，苏轼十分享受这样的田园生活，并且发明了"东坡肉"。

原来苏轼发现黄州的猪肉特别便宜，因为当地人不喜欢吃猪肉。于是苏轼就自己动手，买猪肉来烧。他用文火慢炖，又加上了很多佐料，居然做成了一味名菜——东坡肉。苏轼还写了一首打油诗《猪肉赋》记载东坡肉的菜谱:

黄州好猪肉，价贱如泥土。

富者不肯吃，贫者不解煮。

净洗铛，少着水，柴火罨烟焰不起。

待他自熟莫催他，火候足时他自美。

早晨起来打两碗，饱得自家君莫管。

在这样辛苦又怡然自得的生活中，苏轼创作了大量流传千古的文学作品，《前赤壁赋》《后赤壁赋》《念奴娇·赤壁怀古》都是这时候创作的。

元丰七年（1084）三月，朝廷命令苏轼前往汝州（今河南省临汝市）任团练副使。于是苏轼一家离开了生活了四年多的黄州。

浣溪沙·游蕲水清泉寺

游蕲水清泉寺，寺临兰溪，溪水西流。

山下兰芽短浸溪，松间沙路净无泥，潇潇暮雨子规啼。

谁道人生无再少？门前流水尚能西！休将白发唱黄鸡。

225

◎ 这首词有哪些难理解的词语？

浣溪沙：词牌名。

蕲（qí）水：县名，在今湖北省浠水县。

清泉寺：寺庙名，在蕲水县城外。

短浸溪：指初生的兰芽浸润在溪水之中。

潇潇：形容雨水的声音。

子规：杜鹃鸟。古代传说杜鹃鸟是古蜀帝杜宇魂魄所化，也叫"杜宇"。杜鹃鸟叫声凄厉，在诗词中常常用来抒发悲伤的情绪。

无再少：不能回到青春少年时。

白发：老年。

唱黄鸡：感叹时光流逝，人生不能长久。

◎ 这首词有什么内涵？

山下的兰草才抽出嫩芽，浸泡在溪水之中。松间的沙石小路经过春雨冲洗，洁净无泥。正是日暮时分，松树上的杜鹃鸟在潇潇细雨中啼叫不休。

谁说人老了就不能重回青春年少呢？你看看，那门前的流水还能向西奔腾而去呢！所以，不要在老年时感慨时光流逝。

◎ 如何欣赏这首词？

这首词创作于苏轼在黄州期间，阅读这首词，能感受到苏轼的豁达乐观和开阔爽朗、向往青春的心境。

上片三句，写作者看到的清泉寺风光。作者看到，那山下的兰花刚刚抽出短芽，这短芽浸泡在溪水之中。松树间的小路上泥沙俱净，这是春雨冲刷的功劳。在这潇潇暮雨之中，还能听到杜鹃鸟的叫声。作者看到了兰花，溪水，松树，小路，春雨，还听到了杜鹃鸟的叫声。这是一幅清泉寺独有的清幽图画,在这幅图画中有花有树,有水有雨,还能听到雨声和鸟儿的鸣叫。身临其境,这里没有官场的污浊,更没有尘世的喧嚣。这里的景色是如此清新、淡雅,超凡脱俗,充满了春的气息,沁人心脾。任何人在这样的环境中,都会感受到耳目一新,沁人心脾,感受到春天的力量,感受到生命的喜悦。

所以作者在这样的环境下,产生了富有哲理和情趣的思考。这是有关于人生的思考。作者是用反问来回答自己:谁能说老人不能再回到青春年少呢?作者的回答是当然可以!看看那门前的流水,还在奔腾向西,那就别在年老时感慨时光的流逝!

这种自问自答,充满了生命的力量,充满了乐观向上的精神。这是苏轼不服老的宣言,也是对于未来、对于生活的向往。再联想苏轼在黄州受到的磨难,他依然能够迎难而上,发出如此斗志昂扬的声音,的确值得我们学习。

◎想一想,练一练:

1.在这首词的上片,苏轼看到了怎样的景象?

2.通过这些景象,作者产生了怎样的感受?

3.阅读这首词,体会作者的心境,谈一谈假如你遇到困难挫折,将会怎么做?

六十九、孟母断机教子:《学弈》

鲁国贵族孟孙氏有一支迁徙到了邹国,那就是孟子的祖先。

在孟子的成长过程中,母亲起到了非常重要的作用。孟母的言传身教对孟子后来成为儒家代表人物起了关键作用。

孟子很小的时候,父亲就去世了。孟母没有改嫁,而是一心教育孟子,希望他将来能够长大成材。

孟子和母亲开始住在墓地旁边。由于经常有人来墓地祭祀、哭泣,孟子就和小朋友一起学着大人们祭祀的样子,磕头跪拜,假装办丧事。孟母看到了非常担心,说:"这样不行,我不能让孩子住在这里了!"孟母就带着孟子搬家了。

这一次,他们住在集市。集市里非常热闹,每天人来人往,许多都是做买卖的。孟子又和邻居小朋友一起开始学着商人的样子做买卖吆喝叫卖。孟母看到了叹口气说道:"看来,这个地方也不适合我的孩子居住!"

于是,孟母又搬家了。这一次,他们住在了屠夫附近。屠夫每天杀猪宰羊,孟子在旁边观看。没多久,孟子又和小朋友学着屠夫杀猪宰羊的样子过家家。孟母看到了,又皱起了眉毛:"哎,这里还是不适合我的孩子居住!"

孟母带着孟子又搬家了。

这一次,他们住到了学校附近。

学校里每天书声琅琅。每月初一,当地官员都到文庙行跪拜礼,大家都很有礼貌。孟子看到了,也牢牢地记在心里。他学着老师授课的样子开始念书，很有礼貌地招待客人。孟母看了非常欣慰，她笑道："这才是我的孩子应该居住的地方呀！"

于是，孟子和母亲就在学校附近住了下来。这就是著名的"孟母三迁"的故事。

孟子上学后，开始时对学习很有兴趣，觉得可以跟着老师认识很多不认识的字，懂得很多从未听过的道理。但是时间久了，孟子觉得每天上学都要重复地写字、读书，很是无聊。他就偷偷地逃学。后来，这件事情被孟母知道了。孟母非常生气。她叫来孟子，拿起剪刀把织布机上的经线剪断了。

孟子吃惊极了。他不明白母亲为什么剪断织了那么久的布。这样做几天的劳动不是都白白浪费了吗？

母亲眼含泪水，教育孟子说："你逃学，就和我刚才的行为一样。这布是一天天一丝一线织成的，一旦一条线断了，这布就没法织成，也派不上用场，成了废品。君子求学，也不是一天就能学成的。你只有一天天努力下去，才能博学多才，将来成为有用之才。现在，你刚开始上学就学会了偷懒逃学，今后如何能够学业有成？将来你能做什么？我看你将来不是当强盗，就是给别人当奴才小厮！"

孟子听了也非常后悔。他流着泪给母亲道歉，下决心将来再也不会逃学，要刻苦学习。孟母的"断织喻学"给孟子留下深刻的印象。

孟母不但对孟子严格要求，而且自己说话也非常诚信。一次，孟子看到邻居家在杀猪，就问母亲，"邻居杀猪要干什么？"母亲当时正忙着干活，就随口对孟子说："杀猪，煮肉给你吃。"孟子非常高兴，就专心在旁边等着。

孟母忙完了，一看孟子专心等着吃肉，知道刚才的话孟子当真了。但是她知道不能失信于孩子，大人如果不诚实，还能教育孩子诚实吗？但是当时孟子家里非常贫穷，怎么办呢？

孟母想办法筹钱，去邻居家买了一块肉，专门做给孟子吃。

正是因为孟母这样严格要求孩子和自己，孟子刻苦攻读，不懈努力，最终成为战国时的著名哲学家、思想家、政治家和教育家。孟子成为孔子之后的儒家代表人物，被尊称为"亚圣"，他和孔子一起被尊称为"孔孟"。

学弈[1]

——选自《孟子·告子上》

弈秋[2]，通国[3]之善[4]弈者也。使[5]弈秋诲[6]二人弈，其[7]一人专心致志，惟弈秋之为听；一人虽听之[8]，一心以为有鸿鹄[9]将至[10]，思[11]援[12]弓缴[13]而射之。虽与之[14]俱学，弗若[15]之矣[16]。为[17]是其[18]智弗若与[19]？曰[20]：非[21]然[22]也。

◎ 这篇古文有哪些难理解的词语？

（1）弈：下棋。

（2）弈秋：秋，是人名。因为他善于下棋，所以被称为弈秋。

（3）通国：全国。

（4）善：擅长。

（5）使：让。

（6）诲：教育，教导。

（7）其：其中。

（8）之：指弈秋的教导。

（9）鸿鹄（hónghú）：指大雁。

（10）将至：将要到来。

（11）思：想。

（12）援：引，拉。

（13）缴（zhuó）：系在箭上的丝绳。这里指带有丝绳的箭，射出去之后可以顺着丝绳收回箭。

（14）之：指第一个专心学习的人。

（15）弗若：不如，比不上。

（16）矣：了。

（17）为：因为。

（18）其：代词，指不专心的那个人。

（19）与：（yú）句末语气词，表示疑问。

（20）曰：说。这里可以翻译为"答案是"。

（21）非：不是。

（22）然：代词，这样。

◎这篇古文有什么含义？

弈秋是全国最擅长下棋的人。让弈秋教两个人下棋，其中一个人学棋非常认真，专心地听弈秋的教诲；另一个人虽然也在听弈秋的教导，却疑心马上要有大雁飞过来，想要用弓箭将它射下来。虽然两个人一起学下棋，但是后者的棋艺明显不如前者。难道是因为他的智力不如前者吗？答案是：不是这样的。

◎如何欣赏这篇古文？

这篇文章和我们现代学生学习的情况非常相似。孟子通过讲两个人学下棋的故事，讲了即便是一样的老师，因为学习态度不一样，最后学习的结果也不会一样。

　　这篇简短的文章首先介绍了弈秋是举国闻名擅长下棋的人，由他担任老师，学生自然水平不会差。然而从弈秋收的两个学生看，并非如此。作者写到了这两个学生的不同，最大的差异就是学习的态度不同：其中一人是"专心致志，惟弈秋之为听"——这个学生最大的特点就是专心致志，一心听从老师的话，全神贯注地学习下棋；但另外一个表面上是在听老师讲课，心里却在惦记着天上会有大雁飞过，想要拉弓射箭将大雁射下来。

　　这样两个学习态度不同的人，当然学习结果也不会相同。

　　这种对比令人不由得思考，为什么会这样？

　　为此作者还提出疑问，是因为智力不同的缘故吗？

　　回答说，不是这样的。

　　那是为什么呢？作者没有说。但这个结果所有读者都已经心知肚明。就是因为学习态度不一样，才会有不一样的学习结果。老师是同一个人，讲的课也是同样的内容，但是一个学生全神贯注地听课，另外一个学生三心二意，心里想着射大雁，怎么会是一样的学习结果呢？

　　对于学习而言，学习态度是第一位的。

　　一个学习态度端正的学生，会认真地听老师讲课，更会全力思考，跟上课堂的脚步。课后还有可能会反思，自己学会了什么？有哪些地方是自己学习时感到费劲的？通过学习这些知识，和之前的知识相比较，自己有什么收获？

　　而一个学习态度不端正的学生，学习如同小猫钓鱼，三心二意，老师讲的话，好像听见了，又好像没听清，根本没往脑子里去。所以你问他这节课你学到了什么知识，有什么收获？这个学生也只能张口结舌，答不上来。

　　这篇文章对于我们平时读书学习具有非常重要的启示意义。

◎想一想，练一练：

1. 什么是学弈？

2. 查找资料，谈谈你了解的孟子。

3. 两个人一起学弈，为什么结果不同？你是如何看出来的？

七十、御风而行的列子：《两小儿辩日》

"家里没粮食了，你赶紧想想办法！"妻子埋怨列子。列子还没来得及回答，门外就停了一大批车马。列子急忙出门去看，只见一个管家模样的人上前施礼说道："先生，我的主人是郑国执政子阳。他听说您博学多才，所以特地送给您十车粮食，希望能够帮助到您。"

面黄肌瘦的列子一听却连忙拒绝道："御寇何德何能？怎么能随便收下这么贵重的礼物呢？还请您帮我致谢贵主人，实在是不能接受。"

无论来人如何劝说，列子就是不接受这十车粮食。

后来，这人没有办法，只能将十车粮食原路带回去了。这时妻子埋怨列子道："你这个人真是固执！看看你都饿成什么样了？每天吃不饱肚子，你这身体……人家说有道的人，家人都活得很好，很快活。你看看咱们，你挨饿，我和孩子也吃不饱。现在宰相送粮食上门，你都不收，这日子真是没法过了！"

列子对妻子说："你别光看到粮食啊，子阳这个人并不了解我，他听了别人的话才送粮食给我。那将来别人说我的坏话，他是不是也能问我的罪呢？这粮食我坚决不能收。"

妻子听了，也无话可说，只能勉强支撑着身体，去挖野菜充饥。

一年后，郑国发生变乱，宰相子阳被杀。子阳的很多党羽都因此受到连累而被处死。列子由于没有接受子阳的馈赠而安然无恙。

后来，传说列子修道学成了御风之术，可以御风而行。列子经常在春天御风而行，游览八荒。庄子在《逍遥游》中也记载了列子御风而行的事迹。据说，列子乘风到哪里，哪里就会枯木逢春，重现生机。

列子，名御寇，是战国前期道家代表人物，他开创了先秦哲学的贵虚学派——列子学，是老子和庄子之外的又一位道家代表人物。列子的思想主要记述于《列子》一书。

两小儿辩日

—— 列子·汤问

孔子东游⁽¹⁾，见两小儿辩斗⁽²⁾，问其⁽³⁾故⁽⁴⁾。一儿曰："我以⁽⁵⁾日始⁽⁶⁾出时去⁽⁷⁾人近，而日中⁽⁸⁾时远也。"一儿曰："我以日初⁽⁹⁾出远，而日中时近也。"一儿曰："日初出大如车盖⁽¹⁰⁾，及日中则如盘盂⁽¹¹⁾，此不为⁽¹²⁾远者小而近者大乎？"一儿曰："日初出沧沧凉凉⁽¹³⁾，及其日中如探汤⁽¹⁴⁾，此不为近者热而远者凉乎？"孔子不能决⁽¹⁵⁾也。两小儿笑⁽¹⁶⁾曰："孰⁽¹⁷⁾为汝⁽¹⁸⁾多知⁽¹⁹⁾乎？"

◎这篇古文有哪些难理解的词语？

（1）东游：向东游历。

（2）辩斗：辩论，争论。

（3）其：代词，指代两个小孩。

（4）故：缘故，原因。

（5）以：认为。

（6）始：刚刚，才。

（7）去：离，距离。

（8）日中：中午，正午。

（9）初：刚刚。

（10）车盖：古代车上的篷盖，形状像雨伞一样，是圆形的。

（11）盘盂（yú）：古代盛放食物的器皿。圆形的是盘子，方形的是盂。

（12）为：通假字，通"谓"，说的意思。

（13）沧沧凉凉：形容清凉的感觉。沧沧：寒冷。

（14）探汤：把手伸向热水里，形容天气很热。汤：热水。

（15）决：判断。

（16）笑：笑着说，这是孩子天真可爱的表现，不是嘲笑。

（17）孰（shú）：谁。

（18）汝（rǔ）：你。

（19）知：同"智"，指智慧。

◎如何理解这篇古文？

　　一天，孔子向东游历，看到两个小孩在辩论，就问他们是什么原因。一个小孩说："我认为太阳刚刚升起来的时候距离人近一些，中午的时候距离人远一些。"另一个小孩认为，太阳刚升起来的时候距离人远，而到了中午的时候距离人近一些。

　　一个小孩说："太阳刚升起来的时候像车盖一样大，到了中午，太阳却像一个盘子。这难道不是距离远的时候看起来小，而距离近的时候看起来大吗？"

另外一个孩子说："太阳刚出来的时候人感觉很清凉，到了中午的时候好像把手放到热水里一样，这不是距离近的时候热，而距离远的时候凉吗？"

孔子也没有办法判断到底是谁说得对。

两个小孩笑着说："谁说您十分有智慧呢？"

◎如何欣赏这篇古文？

这篇古文讲了孔子被两个小朋友辩论难倒的问题，读起来意趣盎然，又能从中看出古代中国人追寻真理的执着，独立思考精神的宝贵。

这篇文章基本上用对话贯穿全文，孔子成为文章的线索，完整地表现了古代两个小朋友的辩论过程。

首先，文章写了两个小朋友对于太阳到底距离人近还是远的不同意见。

接着，两个小朋友互相阐述了自己的观点。他们都说得非常形象：第一个孩子用太阳的大小作为参照物，听起来很有道理；第二个孩子从太阳发热带给人的感受为标准，听起来也很有道理。这说明，这两个小朋友平时都非常注意观察生活，而且都很有想象力，特别具有独立思考的能力。虽然他们的结论都是围绕表面现象作出的，但都听起来很有道理。

最终，就连孔子都不能判断到底谁说得对。

这篇文章反映了古代人对于探究大自然的强烈愿望，孔子承认自己不能决断，其实也是非常客观地承认自己知识不足，这种态度应该得到赞赏。因为每个人都有知识盲点，谁也不能知道所有问题的答案。

为什么两个孩子会得出不一样的结论呢？

主要是两个孩子的标准不同。用现代科学的观点去探究这个问题，太阳在早上和中午与我们的距离的确有变化，但是微乎其微。那为什么温度不同呢？其实是由于中午照射角大，所以地球表面获得的热量多，所以气温高；

早晨的照射角小，所以气温低。而人眼看上去的早上和中午的太阳大小不同，是由于视觉上的错觉，因为早晨太阳斜射，受大气的折射影响强烈，所以觉得太阳大；到了中午，太阳近乎直射，受大气的折射影响较小，所以看着太阳小了。

◎想一想，练一练：

    1.两个孩子争论的是什么问题？他们分别有什么理由？

    2.阅读这个故事，带给你怎样的启发？

    3.早上和中午，太阳与我们的距离到底哪个更近呢？

    4.孔子也不能对这件事情做出判断，从这句话你感受到什么？